登高

翟永明詩選

翟永明 著

朝向漢語的邊陲

楊小濱

　　中國當代詩的發展可以看作是朝向漢語每一處邊界的勇猛推進，而它的起源也可以追溯出頗為複雜的線索。1960年代中後期張鶴慈（北京，1943-）和陳建華（上海，1948-）等人的詩作已經在相當程度上改變了主流詩歌的修辭樣式。如果說張鶴慈還帶有浪漫主義的餘韻，陳建華的詩受到波德萊爾的啟發，可以說是當代詩中最早出現的現代主義作品，但這些作品的閱讀範圍當時只在極小的朋友圈子內，直到1990年代才廣為流傳。1970年代初的北京，出現了更具衝擊力的當代詩寫作：根子（1951-）以極端的現代主義姿態面對一個幻滅而絕望的世界，而多多（1951-）詩中對時代的觀察和體驗也遠遠超越了同時代詩人的視野，成為中國當代詩史上的靈魂人物。

　　對我來說，當代詩的概念，大致可以理解為對朦朧詩的銜接。朦朧詩的出現，從某種意義上可以看作官方以招安的形式收編民間詩人的一次努力。根子、多多和芒克（1951-）的寫作從來就沒有被認可為朦朧詩的經典，既然連出現在《詩刊》的可能都沒有，也就甚至未曾享受遭到批判的待遇，直到1980年代中後期才漸漸浮出地表。我們完全可以說，多多等人的文化詩學意義，是屬於後朦朧時代的。才華出眾的朦朧詩人顧城在1989年六四事件後寫出了偏離朦朧詩美學的《鬼進城》等

傑作，卻不久以殺妻自盡的方式寫下了慘痛的人生詩篇。除了揮霍詩才的芒克之外，嚴力（1954-）自始至終就顯示出與朦朧詩主潮相異的機智旨趣和宇宙視野；而同為朦朧詩人的楊煉（1955-），在1980年代中期即創作了《諾日朗》這樣的經典作品，以各種組詩、長詩重新跨入傳統文化，由於從朦朧詩中率先奮勇突圍，日漸成為朦朧詩群體中成就最為卓著的詩人。同樣成功突圍的是遊移在朦朧詩邊緣的王小妮（1955-），她從1980年代後期開始以尖銳直白的詩句來書寫個人對世界的奇妙感知，成為當代女性詩人中最突出的代表。如果說在1970年代末到1980年代初，朦朧詩仍然帶有強烈的烏托邦理念與相當程度的宏大抒情風格，從1980年代中後期開始，朦朧詩人們的寫作發生了巨大的轉化。

　　這個轉化當然也體現在後朦朧詩人身上。翟永明（1955-）被公認為後朦朧時代湧現的最優秀的女詩人，早期作品受到自白派影響，挖掘女性意識中的黑暗真實，爾後也融入了古典傳統等多方面的因素，形成了開闊、成熟的寫作風格。在1980年代中，翟永明與鍾鳴（1953-）、柏樺（1956-）、歐陽江河（1956-）、張棗（1962-2010）被稱為「四川五君」，個個都是後朦朧時代的寫作高手。柏樺早期的詩既帶有近乎神經質的青春敏感，又不乏古典的鮮明意象，極大地開闊了漢語詩的表現力。在拓展古典詩學趣味上，張棗最初是柏樺的同行者，爾後日漸走向更極端的探索，為漢語實踐了非凡的可能性。在「四川五君」中，鍾鳴深具哲人的氣度，用史詩和寓言有力地書寫了當代歷史與現實。歐陽江河的寫作從一開始就將感性與

理性出色地結合在一起，將現實歷史的關懷與悖論式的超驗視野結合在一起，抵達了恢宏與思辨的驚險高度。

後朦朧詩時代起源於1980年代中期，一群自我命名為「第三代」的詩人在四川崛起，標誌著中國當代詩進入了一個新階段。1980年代最有影響的詩歌流派，產自四川的佔了絕大多數。除了「四川五君」以外，四川還為1980年代中國詩壇貢獻了「非非」、「莽漢」、「整體主義」等詩歌群體（流派和詩刊）。如周倫佑（1952-）、楊黎（1962-）、何小竹（1963-）、吉木狼格（1963-）等在非非主義的「反文化」旗幟下各自發展了極具個性的詩風，將詩歌寫作推向更為廣闊的文化批判領域。其中楊黎日後又倡導觀念大於文字的「廢話詩」，成為當代中國先鋒詩壇的異數。而周倫佑從1980年代的解構式寫作到1990年代後的批判性紅色寫作，始終是先鋒詩歌的領頭羊，也幾乎是中國詩壇裡後現代主義的唯一倡導者。莽漢的萬夏（1962-）、胡冬（1962-）、李亞偉（1963-）、馬松（1963-）等無一不是天賦卓絕的詩歌天才，從寫作語言的意義上給當代中國詩壇提供了至為燦爛的景觀。其中萬夏與馬松醉心於詩意的生活，作品惜墨如金但以一當百；李亞偉則曾被譽為當代李白，文字瀟灑如行雲流水，在古往今來的遐想中妙筆生花，充滿了後現代的喜劇精神；胡冬1980年代末旅居國外後詩風更為逼仄險峻，為漢語詩的表達開拓出難以企及的遙遠疆域。以石光華（1958-）為首的整體主義還貢獻了才華橫溢的宋煒（1964-）及其胞兄宋渠（1963-），將古風與現代主義風尚奇妙地糅合在一起。

　　毫不誇張地說，川籍（包括重慶）詩人在1980年代以來的中國詩壇佔據了半壁江山。在流派之外，優秀而獨立的詩人也從來沒有停止過開拓性的寫作。1980年代中後期，廖亦武（1958-）那些囈語加咆哮的長詩是美國垮掉派在中國的政治化變種，意在書寫國族歷史的寓言。蕭開愚（1960-）從1980年代中期起就開始創立自己沉鬱而又突兀的特異風格，以罕見的奇詭與艱澀來切入社會現實，始終走在中國當代詩的最前列。顯然，蕭開愚入選為2007年《南都週刊》評選的「新詩90年十大詩人」中唯一健在的後朦朧詩人，並不是偶然的。孫文波（1956-）則是1980年代開始寫作而在1990年代成果斐然的詩人，也是1990年代中期開始普遍的敘事化潮流中最為突出的詩人之一，將社會關懷融入到一種高度個人化的觀察與書寫中。還有1990年代的唐丹鴻，代表了女性詩人內心奇異的機器、武器及疼痛的肉體；而啞石（1966-）是1990年代末以來崛起的四川詩人，以重新組合的傳統修辭給當代漢語詩帶來了跌宕起伏的特有聲音。

　　1980年代的上海，出現了集結在詩刊《海上》、《大陸》下發表作品的「海上詩群」，包括以孟浪（1961-）、默默（1964-）、劉漫流（1962-）、郁郁（1961-）、京不特（1965-）等為主要骨幹的較具反叛色彩的群體，和以陳東東（1961-）、王寅（1962-）、陸憶敏（1962-）等為代表的較具純詩風格的群體，從不同的方向為當代漢語詩提供了精萃的文本。幾乎同時創立的「撒嬌派」，主要成員有京不特、默默（撒嬌筆名為銹容）、孟浪（撒嬌筆名為軟髮）等，致力於透

過反諷和遊戲來消解主流話語的語言實驗。無論從政治還是美學的意義上來看，孟浪的詩始終衝鋒在詩歌先鋒的最前沿，他發明了一種荒誕主義的戰鬥語調，有力地揭示了歷史喜劇的激情與狂想，在政治美學的方向上具有典範性意義。而陳東東的詩在1980年代深受超現實主義影響，到了1990年代之後則更開闊地納入了對歷史與社會的寓言式觀察，將耽美的幻想與險峻的現實嵌合在一起，鋪陳出一種新的夢境詩學。1980年代的上海還貢獻了以宋琳（1959-）等人為代表的城市詩，而宋琳在1990年代出國後更深入了內心的奇妙圖景，也始終保持著超拔的精神向度。1990年代後上海崛起的詩人中最引人注目的是復旦大學畢業後定居上海的韓博（1971-，原籍黑龍江），他近年來的詩歌寫作奇妙地嫁接了古漢語的突兀與（後）現代漢語的自由，對漢語的表現力作了令人震驚的開拓。還有行事低調但詩藝精到的女詩人丁麗英（1966-），在枯澀與奇崛之間書寫了幻覺般的日常生活。

與上海鄰近的江南（特別是蘇杭）地區也出產了諸多才子型的詩人，如1980年代就開始活躍的蘇州詩人車前子（1963-）和1990年代之後形成獨特聲音的杭州詩人潘維（1964-）。車前子從早期的清麗風格轉化為最無畏和超前的語言實驗，而潘維則以現代主義的語言方式奇妙地改換了江南式婉約，其獨特的風格在以豪放為主要特質的中國當代詩壇幾乎是獨放異彩。而以明朗清新見長的蔡天新（1963-）雖身居杭州但足跡遍布五洲四海，詩意也帶有明顯的地中海風格。影響甚廣的于堅（1954-）、韓東（1961-）和呂德安（1960-）曾都屬於1980年

代以南京為中心的他們文學社，以各自的方式有力地推動了口語化與（反）抒情性的發展。

　　朦朧詩的最初源頭，中國最早的文學民刊《今天》雜誌，1970年代末在北京創刊，1980年代初被禁。「今天派」的主將們，幾乎都是土生土長的北京詩人。而1980年代中期以降，出自北京大學的詩人佔據了北京詩壇的主要地位。其中，1989年臥軌自盡的海子（1964-1989）可能是最為人所知的，海子的短詩尖銳、過敏，與其宏大抒情的長詩形成了鮮明對比。海子的北大同學和密友西川（1963-）則在1990年後日漸擺脫了早期的優美歌唱，躍入一種大規模反抒情的演說風格，帶來了某種大氣象。臧棣（1964-）從1990年代開始一直到新世紀不僅是北大詩歌的靈魂人物，也是中國當代詩極具創造力的頂尖詩人，推動了中國當代詩在第三代詩之後產生質的飛躍。臧棣的詩為漢語貢獻了至為精妙的陳述語式，以貌似知性的聲音扎進了感性的肺腑。出自北大的重要詩人還包括清平（1964-）、周瓚（1968-）、姜濤（1970-）、席亞兵（1971-）、胡續冬（1974-）、陳均（1974-）、王敖（1976-）等。其中姜濤的詩示範了表面的「學院派」風格能夠抵達的反諷的精微，而胡續冬的詩則富於更顯見的誇張、調笑或情色意味，二人都將1990年代以來的敘事因素推向了另一個高度。胡續冬來自重慶（自然染上了川籍的特色），時有將喜劇化的方言土語（以及時興的網路語言或亞文化語言）混入詩歌語彙。也是來自重慶的詩人蔣浩（1971-）在詩中召喚出語言的化境，將現實經驗與超現實圖景溶於一爐，標誌著當代詩所攀援的新的巔峰。同樣

現居北京，來自內蒙古的秦曉宇（1974-），也是本世紀以來湧現的優秀詩人，詩作具有一種鑽石般精妙與凝練的罕見品質。原籍天津的馬驊（1972-2004）和原籍四川的馬雁（1979-2010），兩位幾乎在同齡時英年早逝的天才，恰好曾是北大在線新青年論壇的同事和好友。馬驊的晚期詩作抵達了世俗生活的純淨悠遠，在可知與不可知之間獲得了逍遙；而馬雁始終捕捉著個體對於世界的敏銳感知，並把這種感知轉化為表面上疏淡的述說。

　　當今活躍的「60後」和「70後」詩人還包括現居北京的藍藍（1967-）、殷龍龍（1962-）、王艾（1971-）、樹才（1965-）、成嬰（1971-）、侯馬（1967-）、周瑟瑟（1968-）、安琪（1969-）、呂約（1972-）、朵漁（1973-）、尹麗川（1973-），河南的森子（1962-）、魔頭貝貝（1973-），黑龍江的桑克（1967-），山東的孫磊（1971-）宇向（1970-）夫婦和軒轅軾軻（1971-），安徽的余怒（1966-）和陳先發（1967-），江蘇的黃梵（1963-），海南的李少君（1967-），現居美國的明迪（1963-）等。森子的詩以極為寬闊的想像跨度來觀察和創造與眾不同的現實圖景，而桑克則將世界的每一個瞬間化為自我的冷峻冥想。同為抒情詩人，女詩人藍藍通過愛與疼痛之間的撕扯來體驗精神超越，王艾則一次又一次排練了戲劇的幻景，並奔波於表演與旁觀之間，而樹才的詩從法國詩歌傳統中找到一種抒情化的抽象意味。較為獨特的是軒轅軾軻，常常通過排比的氣勢與錯位的慣性展開一種喜劇化、狂歡化的解構式語言。而這個名單似乎還可以無限延長下去。

　　1989年的歷史事件曾給中國詩壇帶來相當程度的衝擊。在此後的一段時期內，一大批詩人（主要是四川詩人，也有上海等地的詩人）由於政治原因而入獄或遭到各種方式的囚禁，還有一大批詩人流亡或旅居國外。1990年代的詩歌不再以青春的反叛激情為表徵，抒情性中大量融入了敘述感，邁入了更加成熟的「中年寫作」。從1980年代湧現的蕭開愚、歐陽江河、陳東東、孫文波、西川等到1990年代崛起的臧棣、森子、桑克等可以視為這一時期的代表。1990年代以來，儘管也有某些「流派」問世，但「第三代詩」時期熱衷於拉幫結夥的激情已經消退。更多的詩人致力於個體的獨立寫作，儘管無法命名或標籤，卻成就斐然。1990年代末的「知識分子寫作」與「民間寫作」的論戰雖然聲勢浩大，卻因為糾纏於眾多虛假命題而未能激發出應有的文化衝擊力。2000年以來，儘管詩人們有不同的寫作趨向，但森嚴的陣營壁壘漸漸消失。即使是「知識分子寫作」的代表詩人，其實也在很大程度上以「民間寫作」所崇尚的日常口語作為詩意言說的起點。從今天來看，1960年代出生的「60後」詩人人數最為眾多，儼然佔據了當今中國詩壇的中堅地位，而1970年代出生的「70後」詩人，如上文提到的韓博、蔣浩等，在對於漢語可能性的拓展上，也為當代詩做出了不凡的探索和貢獻。近年來，越來越多的「80後詩人」在前人開闢的道路盡頭或途徑之外另闢蹊徑，也日漸成長為當代詩壇的重要力量。

　　中國當代詩人的寫作將漢語不斷推向極端和極致，以各異的嗓音發出了有關現實世界與經驗主體的精彩言說，讓我們

聽到了千姿萬態、錯落有致的精神獨唱。作為叢書，《中國當
代詩典》力圖呈現最精萃的中國當代詩人及其作品。第一輯收
入了15位最具代表性的中國當代詩人的作品，其中1950年代、
1960年代和1970年代出生的詩人各佔五位。在選擇標準上，有
各種具體的考慮：首先是盡量收入尚未在台灣出過詩集的詩
人。當然，在這15位詩人中，也有極少數雖然出過詩集，但仍
有一大批未出版的代表作可以期待產生相當影響的。在第一輯
中忍痛割捨的一流詩人中，有些是因為在台灣出過詩集，已經
在台灣有了一定影響力的詩人；也有些是因為寫作風格距離台
灣的主流詩潮較遠，希望能在第一輯被普遍接受的基礎上日後
再推出，將更加彰顯其力量。願《中國當代詩典》中傳來的特
異聲音為台灣當代詩壇帶來新的快感或痛感。

目次

第四卷｜2000年代

第五卷｜2010年代

女人（組詩）

第一輯

預感

穿黑裙的女人夤夜而來
她秘密的一瞥使我精疲力竭
我突然想起這個季節魚都會死去
而每條路正在穿越飛鳥的痕跡

貌似屍體的山巒被黑暗拖曳
附近灌木的心跳隱約可聞
那些巨大的鳥從空中向我俯視
帶著人類的眼神
在一種秘而不宣的野蠻空氣中
冬天起伏著殘酷的雄性意識

我一向有著不同尋常的平靜
猶如盲者，因此我在白天看見黑夜
嬰兒般直率，我的指紋
已沒有更多的悲哀可提供
腳步！正在變老的聲音
夢顯得若有所知，從自己的眼睛裡

我看到了忘記開花的時辰
給黃昏施加壓力

鮮苔含在口中，他們所懇求的意義
把微笑會心地折入懷中
夜晚似有似無地痙攣，像一聲咳嗽
憋在喉嚨，我已離開這個死洞

臆想

太陽，我在懷疑，黑色風景與天鵝
被泡沫溢滿的軀體半開半閉
一個斜視之眼的注目使空氣
變得晦澀，如此而已

夢在何處繁殖？出現靈魂預言者
首先，我是否正在消失？橡樹是什麼？
本爻主吉，因此有星在腳下巡視
但請問是怎樣的目光吸收我
在那被廢黜的，稠密的雲牆後
月亮恰在此時升起它的處女光暈

我將怎樣瞭望一朵薔薇？
在它粉紅色的眼睛裡
我是一粒沙，在我之上和
在我之下，歲月正在屠殺
人類的秩序

一串發螢光的葡萄

一隻廣大無垠的沙漠之獸

一株匕首似的老樹幹

化為空蕩蕩的牆

整個宇宙充滿我的眼睛

現在，我換另一個角度

心驚肉跳地傾聽蟋蟀的抱怨聲

空氣中有青銅色馬的咳嗽聲

洪水般湧來黑蜘蛛

在骨色的不孕之地，

最後的一隻手還在冷靜地等待

瞬間

站在這裡，站著
與咯血的黃昏結為一體
並為我取回染成黑色的太陽
死亡一樣耐心的是這塊石頭
出神，於是知道天空已遠去
星星在最後的時刻撤退，直到
夜被遺棄，我變得沉默為止

所有的歲月劫持這一瞬間
在我臉上佈置斗換星移
默默冷笑，承受鞭打似的
承受這片天空，比肉體更光滑
比金屬更冰冷，唯有我

在瀕臨破曉時聽到了滴答聲
片刻之歡無可比擬，態度冷淡
像對空氣懷有疑問，一度是露水
一度是夜，直到我對今晚置之不理
直到我變得沉默為止

站在這裡，站著

面對這塊冷漠的石頭

於是在這瞬間，我痛楚地感受到

它那不為人知的神性

在另一個黑夜

我漠然地成為它的贗品

荒屋

那裡有深紫色臺階

那裡植物是紅色的太陽鳥

那裡石頭長出人臉

我常常從那裡走過

以各種緊張的姿態

我一向在黃昏時軟弱

而那裡荒屋閉緊眼睛

我站在此地觀望

看著白晝痛苦的光從它身上流走

念念有詞，而心忘忑

腳步繞著圈，從我大腦中走過

房頂射出傳染性的無名悲痛

像一個名字高不可攀

像一件禮物孤芳自賞和一幅畫

像一塊散發著高貴品質的玻璃死氣沉沉

那裡一切有如謠言

那裡有害熱病的燈提供陰謀
那裡後來被證明：無物可尋

我來了　我靠近　我侵入
懷著從不開敞的脾氣
活得像一個灰甕

它的傲慢日子仍然塵封未動
就像它是荒屋
我是我自己

渴望

今晚所有的光只為你照亮
今晚你是一小塊殖民地
久久停留，憂鬱從你身體內
滲出，帶著細膩的水滴

月亮像一團光潔芬芳的肉體
酣睡，發出誘人的氣息
兩個白晝夾著一個夜晚
在它們之間，你的黑色眼圈
保持著欣喜

怎樣的喧囂堆積成我的身體
無法安慰，感到有某種物體將形成
夢中的牆壁發黑
使你看見三角形氾濫的影子
全身每個毛孔都張開
不可捉摸的意義
星星在夜空毫無人性地閃耀

而你的眼睛裝滿

來自遠古的悲哀和快意

帶著心滿意足的創痛

你優美的注視中，有著惡魔的力量

使這一刻，成為無法抹掉的記憶

第二輯

世界

一世界的深奧面孔被風殘留，一頭白隧石
讓時間燃燒成曖昧的幻影
太陽用獨裁者的目光保持它憤怒的廣度
並尋找我的頭頂和腳底

雖然那已是很久以前的事。我在夢中目空一切
輕輕地走來，受孕於天空
在那裡烏雲孵化落日，我的眼眶盛滿一個大海
從縱深的喉嚨裡長出白珊瑚

海浪拍打我
好像產婆在拍打我的脊背，就這樣
世界闖進了我的身體
使我驚慌，使我迷惑，使我感到某種程度的狂喜

我仍然珍惜，懷著
那偉大的野獸的心情注視世界，深思熟慮
我想：歷史並不遙遠
於是我聽到了陣陣潮汐，帶著古老的氣息

從黃昏，呱呱墜地的世界性死亡之中
白羊星座仍在頭頂閃爍
猶如人類的繁殖之門，母性貴重而可怕的光芒
在我誕生之前，就註定了

為那些原始的岩層種下黑色夢想的根。
它們靠我的血液生長
我目睹了世界
因此，我創造黑夜使人類倖免於難

母親

無力到達的地方太多了，腳在疼痛，母親，你沒有
教會我在貪婪的朝霞中染上古老的哀愁。我的心只
　　像你

你是我的母親，我甚至是你的血液在黎明流出的
血泊中使你驚訝地看到你自己，你使我醒來

聽到這世界的聲音，你讓我生下來，你讓我與不幸
　　構成
這世界的可怕的雙胞胎。多年來，我已記不得今夜
　　的哭聲

那使你受孕的光芒，來得多麼遙遠，多麼可疑，站
　　在生與死
之間，你的眼睛擁有黑暗而進入腳底的陰影何等
　　沉重

在你懷抱之中，我曾露出謎底似的笑容，有誰知道
你讓我以童貞方式領悟一切，但我卻無動於衷

我把這世界當作處女，難道我對著你發出的
爽朗的笑聲沒有燃燒起足夠的夏季嗎？沒有？

我被遺棄在世上，隻身一人，太陽的光線悲哀地
籠罩著我，當你俯身世界時是否知道你遺落了什麼？

歲月把我放在磨子裡，讓我親眼看見自己被碾碎
呵，母親，當我終於變得沉默，你是否為之欣喜

沒有人知道我是怎樣不著邊際地愛你，這秘密
來自你的一部分，我的眼睛像兩個傷口痛苦地
　望著你

活著為了活著，我自取滅亡，以對抗亙古已久的愛
一塊石頭被拋棄，直到像骨髓一樣風乾，這世界

有了孤兒，使一切祝福暴露無遺，然而誰最清楚
凡在母親手上站過的人，終會因誕生而死去

夜境

正值烏鴉活動的時候
——傳說這樣開頭
她已走進城堡，漸漸感到害怕

那些夜晚樹一直睡在水上
水很優雅，像月亮的名字
黑貓跑過去使光破碎
瘦骨嶙峋的拱門把手垂下
像夜之花

傳說這樣寫道——
分明有雨，有幻覺
幽靈般順著窗戶活動
但她並不知曉
那些夜晚走廊藏匿起康乃馨花的影子
井壁並不結實，苔蘚太老
她覺得一切很熟悉，但遠不是夢境

傳說繼續寫道──現在

她已站在鏡子中，很驚訝

看見自己，也看見涼臺上攤開的書

整個夜晚風很大

一棵楝子樹對另一棵發出警告

她拎著裙子走上來，拿起書

沒有開頭，也沒有結尾

但她覺得一切很熟悉，像讀自己

故事剛剛開始

傳說這樣結束

──正值烏鴉活動的時候

憧憬

我在何處顯現？水裡認不出

自己的臉，人們一個接一個走過去

夏天此起彼伏的墜落

仿照這無聲無響的恐怖

我的愛人　我像露水般擴大我的感覺

所有的天空在冷笑

沒有任何女人能逃脫

我已習慣在夜裡學習月亮的微笑方式

在此地或者彼地，因為我是

受夢魘憧憬的土壤

我在何處形成？夕陽落下

敲打黑暗，我仍是痛苦的中心

影子在陽光下豎立起各種姿態

沒有殺人者，也沒有倖免者

這片天空把最初的肋骨

排列成星星的距離

我的愛人，難道我眼中的暴風雨

不能使你為我而流的血返回自身

創造奇蹟？

我是這樣小，我的尺度

將與天上的陰影重合，使你驚訝不已

噩夢

你在這裡躺著,策劃一片沙漠
產卵似的發出笑聲
某個人在秘密支配
向日葵方式的夢。心跳概不由己
閉上眼睛,創造頑固易碎的天氣
海是唯一的,你的軀體是唯一的

像一個巨大的,被毀壞的器官
和那些活著被遺棄的沉默的臉
星星們漠然,像遙遠的白眼瞳
一株仙人掌向天空公佈
不能生殖的理由

你是?你不是第一個發現海市蜃樓的人
把黃昏升為黎明,讓紅色顯然於目
永遠是那隻冰冷的手
海無動於衷,你的軀體無動於衷

在不同的地點向月亮仰起頭
一臉死亡使岩石暴露在星星之下
夜在孤寂中把所有相同的時辰
鍍成有形狀的殘垣

你整個是充滿墮落顏色的夢
你在早上出現，使天空生了鏽
使大地在你腳下卑微地轉動

第三輯

獨白

我，一個狂想，充滿深淵的魅力
偶然被你誕生。泥土和天空
二者合一，你把我叫作女人
並強化了我的身體

我是軟得像水的白色羽毛體
你把我捧在手上，我就容納這個世界
穿著肉體凡胎，在陽光下
我是如此眩目，是你難以置信

我是最溫柔最懂事的女人
看穿一切卻願分擔一切
渴望一個冬天，一個巨大的黑夜
以心為界，我想握住你的手
但在你的面前我的姿態就是一種慘敗

當你走時，我的痛苦
要把我的心從口中嘔出
用愛殺死你，這是誰的禁忌？

太陽為全世界升起！我只為了你
以最仇恨的柔情蜜意貫注你全身
從腳至頂，我有我的方式

一片呼救聲，靈魂也能伸出手？
大海作為我的血液就能把我
高舉到落日腳下，有誰記得我？
但我所記得的，絕不僅僅是一生

證明

傍晚最後一道光刺傷我
躺在赤裸的土地上，躺著證明
有一天我的血液將與河流相混
懷著永不悲傷的心情，在我身下
夕陽曬紅了狼藉的白堊石

當我雙手交叉，黑暗就降臨此地
即刻有夢，來敗壞我的年齡
我茫然如不知所措的陷阱
如每個黃昏醉醺醺的凝視

我是夜的隱秘無法被證明
水使我變化，水在各處描繪
孤獨的顏色，它無法使我固定
我是無止境的女人

我的眼神一度成為琥珀
深入內心，使它更加不可侵犯
忍受一種歸宿，內心寂靜的影子

整夜呈現在石頭上，以證明

天空的寂靜絕非人力

當我站起來，變成早晨的青火焰

照射，卻使秋天更冷

女人呵，你們的甜蜜

在上月是一場災難

在今天是寧靜，樹立起一小塊黑暗

安慰自己

邊緣

傍晚六點鐘，夕陽在你們

兩腿之間燃燒

睜著精神病人的濁眼

你可以抗議，但我卻飽嚐

風的啜泣，一粒小沙並不起眼

注視著你們，它想說

鳥兒又在重複某個時刻的旋律

你們已走到星星的邊緣

你們懂得沉默

兩個名字的奇異領略了秋天

你們隱藏起腳步，使我

得不到安寧，蝙蝠在空中微笑

說著一種並非人類的語言

這個夜晚無法安排一個

更美好的姿態，你的頭

靠在他的腿上，就像

水靠著自己的岩石

現在你們認為無限寂寞的時刻

將化為葡萄，該透明的時候透明

該破碎的時候破碎

瞎眼的池塘想望穿夜，月亮如同

貓眼，我不快樂也不悲哀

靠在已經死去的柵欄上注視你們

我想告訴你　沒有人去攔阻黑夜

黑暗已進入這個邊緣

七月

從此夏天被七月佔據
從此忍耐成為信仰
從此我舉起一個沉重的天空
把背朝向太陽

你是一個不被理解的季節
只有我在死亡的懷中發現隱秘
我微笑因為還有最後的黑夜
我笑是我留在世界上的權力
而今那隻手還在我的頭頂
是怎樣的一隻眼睛呵讓我看見
一切方式現已不存

七月將是一次死亡
夏天是它最適合的季節
我生來是一隻鳥，只死於天空
你是侵犯我棲身之地的陰影
用人類的唯一手段你使我沉默不語

我生來不曾有過如此綿綿的深情

如此溫存，我是一滴渺小的淚珠

吞下太陽，為了結束自己才成熟

因此我的心無懈可擊

難道我曾是留在自己心中的黑夜嗎？

從落日的影子裡我感受到

肉體隱藏在你的內部，自始至終

因此你是澆注在我身上的不幸

七月你裹著露珠和塵埃熟睡

但有誰知道　你的骸骨以何等的重量

在黃昏時期待

秋天

你撫摸了我
你早已忘記

在秋天，空氣中有豐盛的血液
一隻鳥和我同時旋轉
正午的光突然傾瀉
倒在我的懷抱
我沒有別的天空像這樣出其不意
仰面朝向一個太陽
或者發抖，想著柔軟的片刻
樹都默默無聲，靜靜如吻
如無力的表情假裝成柔順

羊齒植物把綠色汁液噴射天空
三葉草的芬芳使我作嘔
秋葉飄在臉頰上
一片已嚐到甜蜜的葉子睥睨一切

現在才是另一隻手出現的時候

像種種念頭，最後有不可企及的疼痛

我微笑像一座廢墟，被光穿透

炎熱使我閉上眼睛等待再一次風暴

聲音、皮膚、流言

每個人都有無法挽回的黑暗

它們就在你的手上

你撫摸了我

你早已忘記

第四輯

旋轉

並非只是太陽在旋轉

沉淪早已開始，當我倒著出生

這掙扎如此恐怖，使我成形

保存這頭朝地的事實我已長得這般大

我來的時候並不是一顆星

我站得很穩，路總在轉

從東到西，無法逃脫圓圈的命運

夠了，不久我的頭被裝上軌道

我親眼注視著它向天空傾倒

並竭力保持自身的重量

大地壓著我的腳，一個沉重的天

毀壞我，是那輪子在暈旋

天竺葵太像我的心，又細膩又熱情

但我無法停下來，使它不再轉

微笑最後到來，像一個致命的打擊

夜還是白晝？全都一樣

孵出卵石之眼和雌雄之軀

據說球莖花已開得一無所剩

但靠著那條路的邊緣

黑色渦旋正在茫茫無邊

旋轉又旋轉，像一顆

飛舞著不祥事件的星

把我團團圍住，但誰在你的外端？

人生

每天是今天的敵人，我們恐懼
罪惡依然升起，多少名字遮蓋了
蒼白的額頭，你們秘密地
快樂並練習謊言的用意

像風一樣走著，黑髮的女兒
悄無聲息，用不可救藥的
迷人之處動搖夏天的血液
充滿秘密，夜走進你們心裡

夜使我們害怕，我們尋求手臂
無限美，無限奇妙
以月的形體，以落葉的痕跡
夜使我們學會忍受或是享受

我是誘惑者。顯示虛構的光
與塵土這般完美的結合
路以真實的方式出現
神性留在上方，任你們隨心所欲

那是誰？那又是誰？
像沒有責任感的影子來了又去
註定消失的泡沫匆忙升騰
活著的手像真理觸摸到每個夜晚

路走過無數人
你們卻是第一次
外表孱弱的女兒們
當白晝來臨時，你們掉頭而去

沉默

夜裡總有一隻蝴蝶叫著她的名字
於是她來，帶著水銀似的笑容
月亮很冷，很古典，已與她天生的
稟賦合為一體，我常常陰鬱地
揣摩她的手勢，但卻一無所獲

然而你不滿二十，你站著
把一個美妙的時辰釘在
不可避免的預言裡

你還是那樣令人心碎的走著
像在宣佈一個劇毒的姿勢　你
從容有如美不勝收的磷火
你的光使月亮無法給你投下影子

生氣勃勃，但又那樣驚奇
那麼，是誰使你沉默？
目光楚楚對準一切，但

一切都離你而去
越來越多的燕子在你家築巢

黑罌粟被當作飾物掛在窗口
你的眼睛變成一個圈套，裝滿黑夜
酢漿草在你手上枯萎

她怎樣學會這門藝術？她死
但不留痕跡，像十月愉快的一瞥
充滿自信、動人，然而突然沉默
雙眼永遠睜開，望著天空

生命

你要儘量保持平靜
一陣嘔吐似的情節
把它的弧形光懸在空中
而我一無所求

身體波瀾般起伏
彷彿抵抗整個世界的侵入
把它交給你
這樣富有危機的生命、不肯放鬆的生命
對每天的屠殺視而不見
可怕地從哪一顆星球移來？
液體在陸地放縱，不肯消失
什麼樣的氣流吸進了天空？
這樣膨脹的禮物，這麼小的宇宙
駐紮著陰沉的力量
一切正在消失，一切透明
但我最秘密的血液被公開
是誰威脅我？

比黑夜更有力地總結人們

在我身體內隱藏著的永恆之物？

熱烘烘的夜飛翔著淚珠

毫無人性的器皿使空氣變冷

死亡蓋著我

死亡也經不起貫穿一切的疼痛

但不要打攪那張毫無生氣的臉

又害怕，又著迷，而房間正在變黑

白晝曾是我身上的一部分，現在被取走

橙紅燈在我頭頂向我凝視

它正凝視這世上最恐怖的內容

結束

完成之後又怎樣？在那白晝
我把幼兒舉到空中，又回到
最初的中心點，像一株樹
血從地下湧來使我升高
現在我睜開嶄新的眼睛
並對天長歎：完成之後又怎樣？

看呵，不要轉過你們的臉
七天成為一個星期跟隨我
無數次成功的夢在我四周
貯滿新的夢，於是一個不可理解的
苦難漸露端倪，並被重新
寫進天空：完成之後又怎樣？

永無休止，其回音像一條先見的路
所有的力量射入致命的腳踵，在那裡
我不再知道，完成之後又怎樣？
但空氣中有另一種聲音明白無誤

理所當然這僅僅是最後的問題
卻無人回答：完成之後又怎樣？

我不再關心我的隱秘　這胎兒
更加透明像十月的哀號
永遠期待結束但你們隱忍不語
一點靈犀使我傾心注視黑夜的方向
整個冬天我都在小聲地問，並莫測地
微笑，誰能告訴我：完成之後又怎樣？

1983-1984

黑房間

天下烏鴉一般黑
我感到膽怯，它們有如此多的
親戚，它們人多勢眾，難以抗拒

我們卻必不可少，我們姐妹三人
我們是黑色房間裡的圈套
亭亭玉立，來回踱步
勝券在握的模樣
我卻有使壞，內心刻薄
表面保持當女兒的好脾氣
重蹈每天的失敗

待字閨中，我們是名門淑女
悻悻地微笑，挖空心思
使自己變得多姿多彩
年輕、美貌，如火如荼
炮製很黑，很專心的圈套
（那些越過邊境、精心策劃的人

牙齒磨利、眼光筆直的好人

毫無起伏的面容是我的姐夫？）

在夜晚，我感到

我們的房間危機四伏

貓和老鼠都醒著

我們去睡，在夢中尋找陌生的

門牌號碼，在夜晚

我們是瓜熟蒂落的女人

顛鸞倒鳳，如此等等

我們姐妹三人，我們日新月異

婚姻，依然是擇偶的中心

臥室的光線使新婚夫婦沮喪

孤注一擲，我對自己說：

「家是出發的地方」

1984

第一卷

1980年代

靜安莊

第一月

——辛丑土

閉軫

春社：二月十六月

彷彿早已存在，彷彿已經就序
我走來，聲音概不由已
它把我安頓在朝南的廂房

第一次來我就趕上漆黑的日子
到處都有臉型相像的小徑
涼風吹得我蒼白寂寞
玉米地在這種時刻精神抖擻
我來到這裡，聽見雙魚星的嗥叫
又聽見敏感的夜抖動不已

極小的草垛散佈蕭穆
脆弱唯一的雲像孤獨的野獸
躡足走來，含有壞天氣的味道
如同與我相逢　成為值得理解的內心

魚竿在水面滑動

忽明忽滅的油燈

熱烈沙啞的狗吠使人默想

昨天巨大的風聲似乎瞭解一切

不要容納黑樹

每個角落佈置一次殺機

忍受佈滿人體的時刻

現在我可以無拘無束地成為月光

已婚夫婦夢中聽見　卯時雨水的聲音

黑驢們靠著石磨商量明天

那裡，陰陽混合的土地

對所有年月瞭若指掌

我聽見公雞打鳴

又聽見軲轆打水的聲音

第二月

從早到午，走遍整個村莊
我的腳　聽從地下的聲音
讓我到達沉默的深度

無論走到哪家門前，總有人站著
端著飯碗，有人搖著空空的搖籃
走過一堵又一堵牆，我的腳不著地
荒屋在那裡窮兇極惡，積著薄薄紅土
是什麼擋住我如此溫情的視線？
在螞蟻的必死之路
臉上蓋著樹葉的人走來
向日葵被割掉頭顱。粗糙糜爛的脖子
伸在天空下如同一排謊言
蓑衣裝扮成神，夜裡將作惡多端

寒食節出現的呼喊
村裡人因撫慰死者而自我節制
我尋找，總帶著未遂的笑容
內心傷口與他們的肉眼連成一線

怎樣才能進入靜安莊？
儘管每天都有溺嬰屍體和服毒的新娘

他們回來了，花朵列成縱隊反抗
分娩的聲音突然提高
感覺落日從裡面崩潰
我在想：怎樣才能進入
這時鴉雀無聲的村莊

第三月

此疫終年如一：似水結冰、似火
而三月作為勢力，它們一無所獲
我們看到的氣體極度透明
無節奏的跳動、流行
通過睜開或合攏的眼皮

我來時一片寂靜，村莊的中心是石榴
風以不祥的姿態獨佔屋頂
成群的人走過，怕水裡的影子如同手相

此疫來源不明：
目光所及的影子　消失外形
村莊如同致命的時刻流向我
或生或死，或輕輕踩出灰色霧氣
水是活的，我觸摸，感覺欲望上升
天空又灰又白，裸露生病的皮膚
土豆的顏色呈現暴殄的精彩

此疫為何降臨　無人知道

進城的小販看見無辜的太陽

無數死魚睜大堅韌的眼睛

在慘無人色的內心裡

我無法感覺它們的迴光返照

死者懂得沉默的力量，但願

我所在的位置保持它一貫的風水

人們並無知覺

連枷敲打著不毛之地

第四月

四月是最殘忍的一個月

他們擅長微笑，

他們有如此透明的兇器

燕子帶著年復一年的怪味，

落滿正方形的院子，丁香就在門前喧嚷

我蒙著臉走過但並不畏懼

月亮像一顆老心臟

我的血統與它相近

你塵世的眼光注視我，

響起母親憤怒的聲音

晝和夜茫然交替不已

永恆的臍帶絞死我

我看見婚禮的形象

在生命的中心，孤獨微笑

它仍在每家每戶結下繩形，

面色如土的孩子們攥緊沙粒宣佈死期

在另一頭，攥緊泥土的那隻手

本身是土，從更遠的地方來，被風繼承

蹲在水邊，玻璃的頭破壞隱喻
那使生命變得粗糙的他

是我異姓的兄長，圓錐形樹像人一樣哭泣
烏鴉站在祠堂頭頂　它們生於古代，
偶然知曉今天落日的崩潰
水在夢中發現苦悶

我的臉無動於衷，使天空傾斜，使靜安莊
具備一種寒冷的味道。不動
但一生被廢墟的平靜破壞，
頭向刻滿印摺的石頁生長並裂開

自己的皺紋，耐心的古井吸乾地底，心被出賣
蒼鷹磨利視線　羊圈主人黑得像樹
他正緩慢死亡，如一間荒屋被日光忽略
它蒼白　無血無實體

靜安莊坐南朝北，缺乏光潔度
它降臨　如同普通的故事

與你同病相憐，蛋形面孔充滿張力，
它的眼　在夜裡升上頭頂，令人目眩

生下我，又讓我生育的母親
從你的黑夜浮上來
我是唯一生還者，在此地
我的腳只能聽從地下的聲音
以一向不抵抗的方式
遲遲到達沉默的深度

夜晚這般潮濕和富有生殖力，有條紋的窗紙
使我想起內心，在轉彎處
用拐摸索走路的盲者，從石頭裡看見我
最底層的命運　被許多神低聲預言過

四月是最殘忍的一個月，它微笑的性情越過腐爛
更具光采，群居的家族
匍匐於祭掃之日，老煙葉排成
奇怪地行列，它在想：這個鴉雀無聲的村莊

第五月

這是一個充滿懷疑的日子，她來到此地
月亮露出凶光，繁殖令人心碎的秘密

走在黑暗中，夜光粼粼，天然無飾
她使白色變得如此分明
許多夜晚重新換過，她的手
放在你胸前依然神秘
蠶豆花細心地把靜安莊吃掉
他人的入睡芬芳無比

在水一方，有很怪的樹輕輕冷笑
有人歎息無名，她並不介意
進入你活生生的身體
使某些東西成形，它們是活的？

痛苦的樹在一夜間改變模樣
麥田守望人驚異
波動的土地使自己的根　徹底消失
她去、她來，帶著虛幻的風度

碩大無朋的石榴　從拐角兩邊的矮牆
露出內在淫欲的顏色
緩緩走動，憎恨所有的風
參與各種事物的惡毒，她一向如此

甘美傾心的聲音在你心內
早已變成不明之物
其他失眠者的五月，因想到
扶乩的咒語，微微泛起不自覺的怯意

第六月

夜裡月黑風高　男孩子們練習殺人
粗野的麥田潛伏某種欲念
我聞到整個村莊的醉意

有半年光景我仰面看它
直到畸形的身軀變成無垠
它旋轉　猶如門軸生了鏽
人們酗酒作樂　無人注意我
但我從一堆又一堆垃圾中
聽到它的回聲來自地心

滿身塵埃的人用手觸摸
黑檀木桌的神秘裂紋
想起盛朝年間的傳說
今晚將有月蝕　妻子在木盆裡淨身
眼中充滿盲目的恐懼

天空抽搐著，對我諱莫如深
祖先土葬的墳地

從牆縫處　裂開無數失神的眼睛

翌晨，掘墓者發現

諸侯的床已被白蟻充滿

我，我們偶然的形體

在黑暗中如何，在白晝也同樣乾枯

第七月

　　──處暑若逢天降雨
　　　縱然結實也難留

誰能告訴我下雨的日子，我凝視那隻毒眼
白露時節懸掛陌生氣候
我始終在這個枯井村莊
先看見一塊大石頭，再看見它上面古老的血

在陽光下顯現，男人和女人走過，跪著懇求太陽，
死去的路發白　　日落方向迫近我的軀體，
圓卵石封鎖河面，此時如同最大的悲愴

左手捧著土，右手捧著水，火在頭頂炫耀，
而樹已與天空結為同盟
永遠只有一種可能出現
炊煙已進入外表神聖的時刻，目光焦燥如深夜

人神一體的祖母仰面於天，星星不斷輪轉
極端的預言表明　　尋找水源的人

靈魂已冒出熱氣，在我口中

有無名的裂痕難以啟齒

在上或者在下，召集群島以寬大的方式

以死亡的氣質，在黑暗中也能看到

蝗蟲的眼睛　來，在這裡

粗暴的內心　他們的目光在天上

雙手卻在滾燙的塵土裡　背負於天

猛然看見天空呈現錯亂色彩

周身佈滿被撕裂的痛楚

貓頭鷹兒子給白晝留下空隙，

張嘴發出嚇人的笑聲　使旱季傾斜而固執

水車無病呻吟，年輕的牛在憧憬，

被神附體的女人出現，無人娶她為妻

青楓樹不計時日，在這兒出生和死亡，

舊宅的人離去，守夜者半睡半醒

身懷六甲的婦女帶著水果般倦意，

血光之災使族人想起貪心的墓場

老人們坐在門前，橡皮似的身體
因乾渴對神充滿敬意，目光無法穿過

傍晚清涼熱烈的消息，強姦於正午發生，
如同一次地震，太陽在最後時刻鬆弛，
祈禱佈滿村莊，抬起的頭因苦難而腫脹

看見無聲無息的光　染紅麥草翻蓋的屋頂
夢中發現稀罕的東西，掠奪者何處而至？
腹中裝滿家釀酒的烈性
我始終在這個枯井村莊
先看見一塊大石頭
再看見古老的血重新顯現
一根椿子在萬物歡騰時寂寞
像一個老人　失去深度
喊聲來自天空　使渾身發涼
最後的時刻　因看到雨水而醒目

第八月

八月有人睡在我的隔壁
他的麥稭草身體柔軟無比
向日葵發出氤氳的臭味
好像陽光下的葡萄胎

他咧著嘴，彷彿至死都不悔改
我們憎恨太陽，並忘掉它的血
如果此刻我倖免悲傷，是因為
我始終保持可怕的光采
一隻手伸向平原，它的心塞滿稻草

赤裸的街道發出響聲
如成熟的鳥卵，內心裝滿白色空間
被風慢慢吹硬了老骨頭
石灰窖發出僅存的感染
來自旱季的消息使我聞到罪行
人頭攢動，誰仰面去看
誰就化為石頭

靠近我家的牲口欄

我看見過獸性燃燒的火焰

嗜酒成性的父親不睡覺時

也看見妻子的遺言

什麼東西撕毀她，走來走去？

內部永遠是黑空氣

男孩子睡在馬廄

注視他的動物靈魂

我們憎恨太陽，彷彿至死都不悔改

第九月

　　——壬寅金

　　丑時霜降

去年我在大沙頭，夢想這個村落
滿臉雀斑煥發九月的強度
現在我用足夠的揮霍破壞
把居心叵測的回憶戴在臉頰上

是我把有毒的聲音送入這個地帶嗎？
我十九，一無所知，本質上僅僅是女人
但從我身上能聽見直率的嗓叫
誰能料到我會發育成一種疾病？

我居住在這裡，冷若冰霜，不失天真模樣
從未裸體，比乾淨的草堆更愜意
太陽突然失蹤，進入我最熱情的部位
那時我還年輕，保持無邊的緘默

呆板，但誠心誠意

原封不動，我有時展開雙臂

這一帶曾是水窪，充滿異物的眼光

第九月的莊稼長勢很好

踩在泥土上，本身也是土

我出生時看見夜裡的生靈傾向我

皂角樹站在窗前，對我施以暴力

惡夢中出現的沉默男子，一生將由他安排

懷著未來的影子，北風囂張時

我讓雨順著黑堊石流入我身體

貧窮不足為奇，只是一種方式

循環和繁殖，聽慣這村莊隱處的響聲

第十月

溫存的瞬間傾向我
如此繼續的夢投入我的懷抱
在它們生長之前，聽見土地嘶嘶的
掙扎聲，像可怕的胎動
那裂痕與我的傷口相似
嚼著鹽，嚼著板藍草根
把手輕輕放在堇菜花上
我感覺我支配一切

陌生人走向夜間出現的亡靈
死亡的種子在第十月長出生命
無聲無息，骨頭般枯竭的臉
我是怎樣散發天真氣息？但朝向我的
是怎樣無動於衷的眼睛？
在我誕生之前就注視這個村莊

沉默的嬰兒橫臥田塍，如我的肉體
橫臥菜砧上，沾滿液體的手
具有先見性，皺巴巴的面孔愚不可救

一隻眼睛慢慢睜開，和太陽的視線一致
感到掌心握著發燙的種子

方圓十里之內，先有火，再有水
於是逆光中這片翻鬆的土地
爬出一種古老的調子自我毀滅
除了時間，並無其他以埋藏這樣長久的
根源，沿著這座病態的村莊回首
我忘記了那個位置，那兒人煙稀少

第十一月

並非高不可攀，而是無物可攀
那個別的形同枯槁的天空
把你苦行主義的臉移開
我用四面八方的雪繁殖冬天的失敗

即使在別處，這一片白色也帶著你的氣味
風蕭蕭而過，我關閉目光
因為內心萌起縱火的惡念
很靜、很長的一瞬間
不動聲色，我們吹氣如蘭
並侵犯彼此的軟弱語言

我無意中走進這個村莊
無意中看見你，我感到
一種來自內部的摧殘將誕生
我們蒙受的熱度使這一帶
呈現錯誤色彩，我十九，你也一樣
落日接近腳底時

把我們構成交叉的三角形
你走，你來，你的臉和雲的臉實為一體

純偶然的時刻，你神秘而冷淡的手指
依然緊攢、兩個靈魂深不可測
越過你和諧的身體
我始終感到你內心分裂的痛楚
在每個角落，與我同在

第十二月

如今已到離開靜安莊的時候

牝馬依然敲響它的黑蹄

西北風吹過無人之境，使一群牛犢想起戰爭

……

迄今無法證明空虛的形體，落日像瘟疫降臨

坐在村頭　　內心瘡痍如一棵樹

雙手佈置白色樹液的欲望，被你喚醒

我抬頭看見飛碟偶然出現，偷偷撫摸

懷中之石，臨別與我接吻

整個村莊蒙受你的陰沉

鞋子裝滿沙粒，空氣密佈麥芽氣味

太陽又高又冷，努力想成為有腦髓的生物

年邁的婦女　　翻動痛苦的魚

每個角落　　　人頭骷髏裝滿塵土

臉上露出乾燥的微笑，晃動的黑影

步行的聲音來自地底

如血液流動，蝴蝶們看見

自己投奔死亡的模樣

與你相似，距離是所有事物的中心

在地面上，我仍是異鄉的孤身人

始終在這個鴉雀無聲的村莊，耳聽此時出生的

古老喉音，肋骨隱隱作痛

一度可接近的時間　為我

打開黑夜的大門，女孩子站在暮色裡

灰色馬、灰色人影，石板被踢起的火花照亮，

一種噁心感覺像雨

淋在屋頂，嬰兒的苦悶產生

我們離開，帶著無法揣測的血肉之軀

歸根結蒂，我到過這裡，討人喜愛

我走的時候卻不懷好意

被煙熏出眼淚，目光朝向

傷了元氣的輪迴部分和古老皺紋

低飛的鳥穿過內心使我一無所剩

刻著我出生日期的老榆樹

與結滿我父親年齡的舊草繩
因給予我們生命而驕傲

村裡的人站在向陽的斜坡上，對白晝懷疑
又繞盡遠路回到夜裡休息
老年人深深的目光　使佈滿惡意的冬天撤退

使我強有力的臉上出現裂痕。
最先看見魔術的孩子站在樹下
他仍在思索：所有這一切是怎樣變出來的
在看不見的時刻

1985.12

我策馬揚鞭

我策馬揚鞭　在有勁的黑夜裡

雕花馬鞍　在我坐騎下

四隻滾滾而來的白蹄

踏上羊腸小徑　落英繽紛

我是走在哪一個世紀？

哪一種生命在鬥爭？

寬闊邸宅　我曾經夢見：

真正的門敞開

裡面刀戟排列　甲冑全身

尋找著　尋找著死去的將軍

我策馬揚鞭　在痙攣的凍原上

牛皮韁繩　鬆開晝與黃昏

我要縱橫馳騁

穿過瘦削森林

近處雷電交加

遠處兒童哀鳴

什麼鍛煉出的大斧

在我眼前揮動？

何來的鮮血染紅綠色軍衣？
憧憬啊，憧憬一生的戰績
號角清朗　來了他們的將士
來了黑色的統領

我策馬揚鞭　在揪心的月光裡
形銷骨鎖　我的凜凜坐騎
不改譖狂的稟性

跑過白色營帳　樹影幢幢
瘦弱的男子在燈下奕棋
門簾飛起，進來了他的麾下：
敵人！敵人就在附近
哪一位垂死者年輕氣盛？
今晚是多少年前的夜晚？
巨鳥的黑影　還有頭盔的黑影
使我膽顫心驚
迎面而來是靈魂的黑影
等待啊　等待盤中的輸贏
一局未了　我的夢幻成真

一本書　一本過去時代的書

記載著這樣的詩句

在靜靜的河面上

看啊　來了他們的長腳蚊

1988

土撥鼠

一

我的亡友在整個冬天使我痛苦

低低的黃昏　沉欲者的身姿

以及豐收　以及懷鄉病的黑土上

它俊俏的面容

我認識那些發掘的田野

或者嚴肅的石頭

帶有我們祖先的手跡

在它暗淡的眼睛裡

永遠保留死者的鼓舞

它懂得夜裡如何淒清

甚至我危險的胸口上

起伏不定的呼吸

「我早衰的知情者

在你微弱的手和人類記憶之間

你竭力要成為的那個象徵

將把我活活撕毀」

我的舊宅有一副傾斜的表情

它菱形的臉有足夠的迷信

於是我們攜手穿行

靈魂的尖叫浮出水面

相當敏感　相當認真

如同漂亮女孩的純潔地帶

「你終究要無家可歸

與我廝守　牽制我那

想入非非的理想主義愛情」

一個傳說接近尾聲

有它難耐的純粹的嘴臉

一顆心接近透明

有它雙手端出的艱苦的精神

我們孤獨成癖　氣數已盡

你與我共用

愛的動靜　肉體的廢墟

生命中不可企及的武器

乃是我們的營養

二

一首詩加另一首詩是我的伎倆
一個人加一個動物
將造就一片快速的流浪

我指的是骨頭裡奔突的激情
能否把它全身隆起？
午夜的腳掌
迎風跑過的線條

這首詩寫我們的逃亡
如同一筆舊帳
這首詩寫一個小小的傳說
意味著情人的痙攣
小小的可人的東西
把眼光放得很遠
寫一個兒子在夢裡
秋冬的環境有土撥鼠
一個清貧者
和它雙手操持的寂寞

我和它如此接近

它滿懷的黑夜滿載憂患

衝破我一次次的手稿

小小的可人的東西

在愛情中容易受傷

它跟著我在月光下

整個身體變白

這首詩敘述它蜂擁的毛

向遠方發出脈脈的真情

這些是無價的：

它枯乾的眼睛記住我

它瘦小的嘴在訣別時

發出忠實的嚎叫

這是一首行吟的詩

關於土撥鼠

它來自平原

勝過一切虛構的語言

1988.10

顏色中的顏色

1

顏色中的顏色　衝破烏雲

北方舶來沉著　穩健

多少白色死於寒冷　只有你的雪

返回世上　每秒你改變

自修長手指　自無色鍵盤

無色？無色就是謀害

當它說話時　它有周身的光彩

鳥類出現了　大批的侵犯

夜裡雪白晶瑩的波浪

白天也奪命的鬼魂的思想

一種幻想？不！一種罕見的

折磨心靈的優雅　被你

被畫架上的白色

被肉體的中心部分

　　　（那兒，慾念密密燃燒）

──限制，何等意味深長

限制，給你多少語言

又遮人耳目

一株奔放的筆說話時

也開滿乾旱螞蟻

也開滿有力的花朵

來了一些寥廓的夜

也來了一些善感的風

和微妙的日子　像水落在臉上

來了一些事情　從臉落到身上

變奏之一：八月的馬

八月的淒清的中午

一匹馬走來　淒清的骨架

兩匹馬　天空下

大批的馬走來

海浪一樣的白馬

沙丘一樣的沉默

料峭風寒中一大批白馬

集中體現了一個想像

孩子衝向獵物

若干美的真相

一匹馬關照另一匹

靈與肉的陰影

帶來黑暗的根帶走來世的根

八月的緊迫的中午

我看見他男性化的揮毫

呼喚援手

你們面對面　八月和馬

你們個人的形象如何悲傷

我們深沉的目光就如何改變

給我整個微笑的紅罌粟！

給我所有姿態！

我寧願說

神秘的、感官的享受

八月，就這樣把我帶走

2

「白色日益成為──」你說

──「我色彩的靈魂」你說過

那些顏色知道

那些顏色已感到你

內心激蕩

是我們的生命　是溫情

黑壓壓的白色蓋滿土地

靜靜的皮膚在燃燒

當場的雪和陳年的牆

創造出一種憂傷

一些白色在降落

一些白色在生長，

一些白色在牙齒上

嚴肅的發光

另外一些突起　整夜奔忙

海水的底部　鹽在蠱惑

無論什麼也比不上

一株白髮的老樹

滿目生命的羽毛彌留病床

死亡也像永不休止的白晝

來點兒甜蜜　也來點兒恐懼

直到白色憑藉你的手

訴說內心激蕩

變奏之二：你的肖像

這都是十年

或者十五年之前

或者是它成為那種狼的一天

或者是它飛過乾旱泥土的一天

「出現」——出現這個字眼

在江河開口說話的時候

在他說到無邊的白色青春的時候

在無數沙粒奔跑至他的時候

誰將獨自承受　獨自

──那睜眼看到的事物

失去外表的物質

體現美的一切

一隻手能感覺人的失落

手觸摸畫布　能傳來萬物的靈犀

手感能享受各類心靈　各類心情

他偶然說起　它便聚攏

使無關的多方有了秩序

一生都如此專心　著迷

超乎對他的想像

當他長坐於此　以手扶額

內心沮喪　頹廢

面對公開的暴行

和腰椎的勞頓

3

在房子四周　我偽裝死亡

多麼白的牆壁　在我身下

幾乎活著的顏色

帶有全身的重量

在我四周　多麼有勁的大廈

代替天空　那些憂鬱的白癡

正在均勻的思想

我帶秘密給他們

因為我更想得到

大廈和工廠　代替一切

靠我　它們更加明亮

無遮無攔　行人無辜的表情

也在拋頭露面

當我跳躍於他們轉動的眼球

他們不心傷　也不關心

誰在我之上

我在事物表面　流淌或者固定

白鐵的欲念比我

更接近死亡

只有一雙活的眼睛

看過我　調和我密密麻麻的生命

幾乎活的生命

真的能為你心跳

變奏之三：黑與白

黑色的馬踏過草地

為誰奔命？

八月的手在鋼琴上飛舞

帶來藍色的氣味

內心的破碎怎樣消化？

策馬跑過草地，想起蒼白的青年

黑與白

我聆聽什麼樣的智慧？

黑與白

開出強勁的花朵

馬蹄與手指　輕輕踏過

水滴、石穿

還是節奏無法囚禁

修長與成功的手指

報答我們與人類共有的音樂耐心
具有密度的音樂核心
什麼樣的核心飛舞
帶來藍色氣味？

蒼白的青年　　幾乎錯過你
屏息聽你一生的心跳
透明乾淨如器皿

消失？消失也是復活
修改飛逝的沙粒
天賜的孤獨在手指間滑過
消失的聲音依照空氣的安排
黑與白的安排

蒼白的青年　　向前邁進
黑色的鍵盤高過白雪的頭頂
誰也無法重複逝去的語言
你隱藏了它
當自戀的手指成為全身的動作

什麼樣的沉默

開出強勁的花朵

什麼人的手在鋼琴上重複

並散佈藍色氣味？

4

全身白色的大麗花

比較平靜

你站在陰影下

步伐與它的影子一致

全身白色的棋子

等著你

耐心的白色　　需要你的眼睛

正是現在　　一些對手死去

全身白色的庭院

中了誰的計？

一個女人活在白色裡

為了鄙視你的愛情

全身白色的月亮

在不停磨損

幾乎永恆的石頭

從高處也看不到人

變奏之四：現在和永遠──仿十四行詩

現在和永遠　時間在枝頭輝映

新鮮的鳥帶來蒼白的寂靜

正是那種時辰把我們的夢驚醒

我不年輕、不機敏、有著樸實的毛病

新鮮的鳥帶來蒼白的寂靜

你倦於戀愛的心多麼安寧　擲地有聲

我不年輕、不機敏：有著樸實的毛病

太陽照我、天空蓋我、也要我付出代價

我倦於寫作的心多麼安寧　擲地有聲

往事像蜂群　持久地蟄痛白天

太陽和天空、以及……也要我付出代價

生命雖是生命也如黑暗中的瓷瓶

往事像蜂群　持久地蟄痛樸實的心

黑暗中的幻象睜開我們的眼睛

生命雖是生命　也如黑暗中的瓷瓶

現在和永遠　時間在枝頭輝映

5

分裂的眼光才能看清

那些抽象的白色

具體的白色在模特兒身上

在鏡子身上

什麼東西隱去？讓他動心

伸手可及的肌膚冷漠

不如黑夜的輪廓

那鼓滿玫瑰的身體

白色久久不去　鄭重的線條

雖持久　也急促

被她微微一動　被她折斷

手擱在窗臺上

窗臺上延伸

似乎植物在生長　在前進

悄悄的肺和易碎　孤單的手指

一呼一應　好去承接

吐雲納霧的玉體

腰肢微微一顫　便趕上秋風

充分的長髮返回黃昏

那眼睛　做夢人的眼睛

一派白色灌入胸中

活躍於紙上的身體多麼輕

從遠處警告生命

一點骨血在體內奔騰

抓不住　抓住的只是

一個女人　貼近

能看清皮膚以外的各種意義

變奏之五：我個人的肖像

　　嚴肅的手臂　　堅貞的

　　不屈不撓的牙齒

　　我們之中唯一的女性

　　她怎樣顯示語言的重量？

　　大而幽深的眼睛裡

　　有著極端的風景

　　令人對漢族產生懷疑

　　變幻的服飾是她精神的一部份

　　美的歷險？抑或是別的事情？

　　　　　　——摘自鍾鳴文章〈偶然相遇〉

6

1.

美麗沉靜的顏色

在風中開出足夠的花

虛弱的事物在等待

你在白色中建造白色之塔

2.

今年，我翹首整個世界的臉龐

衷心的眼光停留在廣場

人間的態度　上天幾乎能看到

一年雪白的花瓣告訴我：

植物飽滿的眼睛已回到世上

3.

夜裡，大堆的雪湧起

像人的面貌

人的過錯已誕生　來至世上

白色的足夠的顏色

在輕輕為墓地祈禱

4.

我看見的白色遠離塵囂──招呼我

我看見冬天的否認者

我的顏色流入你的眼睛中

去把那最後的時間覆蓋

5.

那兒是創造，所有的語言誕生

也不輸給大地獨有的面孔

戀人和戀人的荳蔻年華

有著更為純潔的要求

白色呵白色，流入我心中

或者留在原地

1989

第三巻

第二巻

1990年代

壁虎與我

你好！壁虎

你的虔誠刻在天花板上

你害人的眼睛在黑暗中流來流去

我的心靈多次顫慄

落在你的注視裡

不聲不響一動不動

你的沉默如此可怕

使我在古老房間裡奔來跑去

當我容光煥發時

我就要將你忘記

我的嘴裡含著烈性酒精香味

黑夜向我上垂

我的雙腿便邁得更美

我來到何處？與你相遇

你這怕人的溫馴的東西

當你盯著我我盯著你

我們的目光互相吸引

異邦的心靈

隔著一個未知的世界

我們永遠不能了解

各自的痛苦
你夢幻中的故鄉
怎樣成為我內心傷感的曠野
如今都雙重映照在牆壁陰影

我死了多久？與你相遇
當我站在這兒束手無策
最有力的手也敢伸出
與你相握那小小的爪子
比龐然大物更讓我恐懼
走吧壁虎的你

1992

咖啡館之歌

1. 下午

憂鬱　纏綿的咖啡館
　　　在第五大道
轉角的街頭路燈下
小小的鐵門

　　　依窗而坐
慢慢啜飲禿頭老闆的黑咖啡
　　「多少人走過
上班、回家、不被人留意」

我們在討論乏味的愛情
　　「昨天　我願
　　回到昨天」
一支懷舊的歌曲飄來飄去

咖啡和真理在他喉中堆積
　　顧不上清理
　　舌頭變換
晦澀的詞藻在房間來回滾動

像進攻的命令
越滾越大的許多男人的名字
像駭人的課堂上的刻板公式
令我生畏

他側耳交頸俯身於她
談著偉大的冒險和奧秘的事物
　　「哭者遜於笑者……
我們繼續行動……」

　　接著是沉默
接著是又一對夫婦入座
他們來自外州　過慣萎靡不振的
田園生活

　　「本可成為
一流角色　如今只是
好色之徒的他毛髮漸疏」
我低頭啜飲咖啡

酒精和變換的交談者
消磨無精打采的下午
　　我一再思索
哪些問題？

你還在談著你那天堂般的社區
　　你的兒女
　　高尚的職業
以及你那純正的當地口音

暮色搖曳　燭光撩人
收音機播出吵死人的音樂：
　　「外鄉人……
外鄉人……」

2. 晚上

燭光搖曳
金屬殼喇叭在舞廳兩邊
聒噪　好像樂池鼓出來的
兩塊顴骨

雪白的純黑的晚禮服……

鄰座的美女攝人心魄

　　如雨秋波

　　灑向他情愛交織的注視

　　沒人注意到一張臨時餐桌

　　　三男兩女

　　　幽靈般鎮定

　　討論著自己的區域性問題

　　　我在追憶

　　北極圈裡的中國餐館

　　有人插話：「我的妻子在念

國際金融」

　　出沒於各色清潔之軀中的

　　　嚴肅話題

　　　如變質啤酒

泛起心酸的、失望的顏色

「上哪兒找

　一張固定的床？」

帶著所有虛無的思考

他嚴峻的臉落在黑暗的深處

　我在細數

滿手老繭的掌中紋路帶來

　　預先的幸福

「這是我們共同的症候。」

品嚐一杯神秘配製的甜酒

　　與你共舞

　　我的身體

展開那將要凋謝的花朵

　自言自語：

　「拿走吧！

快拿走世上的一切！

像死亡　拿得多麼乾淨。」

3. 凌晨

　　因此男人
用他老一套的賭金在賭
　　妙齡少女的
新鮮嘴唇　這世界已不再新

　　凌晨三點
竊賊在自由地行動
鄰座的美女已站起身說：
「餐館打烊」

他站起身
猛撲上去把一切結束
　　收音機裡
還在播放吵死人的音樂

　　玻璃的表面
制止了我們徒勞的爭執
　　那個妻子
穿著像奶油般動人細膩

我在追憶
七二年的一家破爛旅館
我站在繡滿中國瓢蟲的舊窗簾下
抹上口紅

不久我們走出人類的大門
　　天堂在沉睡
　　我已習慣
與某些人一同步入地獄

　　「情網恢恢
穿過晚年還能看到什麼？」
　　用光了的愛
在節日裡如貨輪般浮來浮去

一點點老去
　　幾個朋友
住在偏僻閒散的小鄉鎮
他們慣於呼我的小名

發動引擎
一夥人比死亡還著急
我在追憶
西北偏北一個破舊的國家

雨在下，你私下對我說：
「去我家？
還是回你家？」
汽車穿過曼哈頓城

1993

重逢

第一次

我看見你──

　　　走出我十五年的想像

　　　走出冰冷的機場大門

普普通通的臉上

冒著一冬天的熱氣

有人在叭啦叭啦按著快門

我們在熱氣中擁抱　小心謹慎

空氣意味深長

冷得像剛痊癒的心理創傷

我把手伸向你

我當你是一個病人

我攙扶你

為我的強壯而感激涕零

這是最冷的一天

憂傷像光線落在我身上

照亮這徹骨之冷

我注視你　看見遙遠的一天

比今天更冷　我來自南方

帶著新鮮的南方的熱氣

第二次

我看見你──

　　　　走出地鐵濕漉漉的咽喉

　　　　走出一個多年的隧道

一股強有力的風

捲起了你的中國風衣

我看見你幼年的衣袖

滲出一塊塊綠

你眯縫的雙眼

在氧氣和煙味中辨認

對於幼年的一切

我記得多麼清楚

清楚得像你胸前的一顆紐扣

總在拉緊我的視線

我們青梅竹馬　無法說出

那使我們從小相愛的各種事物
如今又集中到一個陌生城市
全然無關的各色人種

挽緊你的手　慢慢地走
滿城的汽車從身旁駛過
舊日的病不再疼痛
舊日的苦
已反覆咀嚼成一種圓熟

第三次
我看見你——
我看你　還是幼年的你
　　我看我　　已不再是從前的我

幼年的我　麥田裡的我
掀連枷的我　雀斑臉的我
如今意志衰落的我
坐在咖啡館裡
已經不習慣握你的手
把你的拉響手風琴的指頭

習慣地含在口中

從未年輕過的我老得多麼快
很難拉回時間的速度
一根指頭　悄悄撥弄唱針
餐館老闆放上一張密紋唱片
從未老過的你的手依然年輕
在桌上擊叩　再難叩出那
又輕又痛的火苗
為我點燃一支廉價香煙
你又在高談闊論　口沫四濺
我寂寞的心　慢慢淹入一杯黑色咖啡

第四次
我看見你──
在桌子對面
慢慢展開一封信　長長的信
一生的信
長得像電腦裡吐出來的
沒完沒了的亞光紙

你慢慢地讀出字正腔圓

我聽到家鄉的奇怪語言

玉米粒般脫落

那一個一個的字

脫自黑色墨水筆的筆端

每一個小小的字　散落空中

像我們小小的家鄉小鎮

散落在整版大地圖中的

哪一個角落？

我想在每一個字裡深入

但每個字都彷彿是重重的一拳

擊倒了嘹亮的記憶

正在過去的是什麼？

已經消失的是什麼？

空氣中散佈的一些字

小小的蜘蛛織成的網

炫耀什麼？

你還未看見？你已落入其中

第五次

我看見你──

在地球上奔跑

從這一端到那一端

你躬著身　撒開腿

你總是跑得一帆風順

只要你跑

速度就抓住你

運動的感覺就抓住你

無人知悉的方向就抓住你

在你身旁輕柔走過的腳

不能剎住你

你眼中生命的消失

也不能剎住你

你跑；

快得像一聲呼嘯

快得像光線

快得像孩子滾動的鐵環

快得沒有時間　無蹤無影

快得不能再快

快得讓我內心發疹
快得像布羅茨基的黑馬
接近營地　可無論多快
你已追不上騎手

第六次
我看見你──
沒命的笑　牙齒明晃晃
在一盞路燈下爆發
不似我喜歡的
渾濁的、酸楚的低音
你大踏步走在公路上
小腿堅定
你要一步走到天上

慢慢地　我倒退回我的玉米田
我緩緩走進那一畝二分自留地
掐指算算天氣
關注我倆的收成
和老去的影子作伴
卻越來越喜歡

這生命無用的感覺

　　（所有去過的彷彿沒去

　　所有得到的從未得到）

不再問你：「要什麼？」

也不再問自己：「去哪裡？」

滿城燈火突然出現

又退向很遠　我仍停留在

那個路口　並不淒涼

現在　減少出門

不再看日曆

忘記死亡這回事

天空越來越高

高過昨天的一切

我活得內心愚笨

看上去卻如此聰明

　　　　　　　1993年農曆十五於家鄉成都

祖母的時光

祖母和孩子坐在戲園

半截紅樓　慵懶的坐姿

樓上在唱　樓下種種抽泣

青衣放開歌喉　獲得

一種古老節奏

吊梢眼不似如今的美態

血紅的翡翠愛著深閨

臉譜也在溫柔的吟唱

一隻巨大的鳥行走迅疾

一切都在夜裡

死人也在長眠　鬼也在夜裡

我是一個七歲的孩子

在臉上畫下條條淚痕

鬼也在掩面而泣

看見鬼的那隻眼也在流淚

臺上鐃鈸作響　錦旗翻飛

還迎風灑出白色紙錢

「如花美眷，似水流年……」

一聲唸白　　中音繞樑

她步態也蒼茫

以假作真的顧盼

才子與佳人的蒼白輕歎

和些許古代女子熱烈的死亡

骯髒的髮辮糾纏多種色彩

面向鏡中人

我一再勾畫靈魂突然的生長

巨大的虛脫的翅膀

推動著我的四肢傾向墓場

——戲中所說　戲文所唱

臺上花好月圓　荳蔻佳人

甩動她的綢緞水袖

忠與奸　好人與壞人

鏡子與陰影　在臺上輪流走動

夏天最弱的雪要蓋住

那個最壞的夜晚

祖母溫柔的傾聽

垂下她的碧玉手腕

臺上人依舊環佩叮噹

臺下人又經過隔世的惆悵

盲眼的鬼心酸而退

我是否又成為那隻盲眼的鳥

再也找不到黑暗的出口

當年我少不更事

臺上一爐焚香

消逝著一再消逝的

臺下的時光

1993.12

莉莉和瓊（敘事組詩）

1. 公園以北

公園以北，一個鬼魂

正晝夜歌唱：

「我死了，請讓我復活

成為活著的任何人」

公園以北，一個行人

正停足四望：

「是誰？又是誰？

在說著這些瘋話？」

公園以北，女友莉莉

正匆匆回家：

「太多了，太多的傷心事

對哪位朋友講？」

公園以北，瓊的丈夫

正揮筆作畫：

「鳥兒飛過天空

我怎樣飛過這些思想？」

冤死的鬼魂心靈脆弱

它在問：為什麼不肯讓步？

匆匆行走的人在心裡想：

墳墓才是太平的地方！
莉莉在樓下研究中國花布
鏡子遺忘了自己的限制
樓上，瓊的丈夫觸摸麻布
瓊在想：這些謀殺般的顏料

2. 急診室

莉莉和瓊坐在白色長凳上
瓊的心跳已湧上白色天花板
遠古的藥方　金屬的針管
各種黑暗形成的塗片
都已來到
莉莉拉好窗戶簾幕
醫生冰涼的血已湧上
瓊的指尖
白衣護士的腳在血色地毯上
走得多緩慢
美麗沉寂的容器
大滴大滴的藥液
瓊的眼睛閉上又睜開

活像闖過陰陽界

黑暗的爪子　洶湧的惡夢

已落在身後　瓊的腳

敲響白色窗戶

走下手術臺　像個闊佬

莉莉在旁邊長噓短歎

綠色信用卡正在默默忍耐

激情嗚咽的帳單

走在大街上，走得太快

鋤草機刈著一片清新

城市和汽車　莉莉和瓊

無法逃掉內心高飛的可能

3. 莉莉的夢和電影院

黑暗中淚水綿綿

莉莉和男友在電影院

天堂和地獄的影院

膠片追趕著一個男人的苦難

莉莉夢中看見瓊的臉

瓊的處女翅膀撫慰她的臉

瓊的兩手拍擊　壓迫胸膛

像夢在夜裡開放

膠片在黑暗中追趕不同時光

前排黑洞洞的頭東倒西偏

爆玉米花的香味伴隨

逃亡者的心跳　他自投羅網

莉莉淚水綿綿

她的男友撫慰她的臉

莉莉夢中看到瓊的臉

像夢的骨髓深入到她的器官

瓊的臉被愛情充滿

瓊的身體無處不在

瓊的夢正踏上天庭

黑暗的小方孔

死亡在把流亡者張望

死亡在等待一束關鍵的光

莉莉的心跳在屏息，莉莉在想

千萬別跨過那道牆

陰影從舒緩到豐滿

光線由明到暗

故事也已清晰

死亡已到位　罌粟花星星點點

衝破布的邊緣

莉莉一臉虛無

從夢中辨認出結束

4. 新年晚會

站在門廳等人：

莉莉的男友來了

瓊的丈夫來了

高大的喬尼來了

長髮詩人和女友攜手而來

畫家和演員遠道而來

莉莉和瓊在廚房忙碌

一年一度的新年

蘋果和蠟燭的新年

紅唇和白牙吮吸

靈魂和啤酒一同發酵的新年

鄉愁和濃湯的新年

莉莉和瓊在廚房忙碌

配製酒　配製蔬果

拿出一些神秘配方

各種草藥、籽核、火候

家鄉沉重的汁液

壓在每個人的胃上

溫柔而堅定

莉莉和瓊在廚房忙碌

餐巾和碗盞加入了話題

異鄉的北風加入酒精

女人們氣息芬芳作響

男人們的眼睛

如霧氣般伸向窗外

黑暗背景中的白色墓碑

像個花園，加入了懷舊

莉莉和瓊在廚房忙碌

酒至一巡　新年鐘聲響起

畫家泛舊的皮鞋跟支撐

他本身的重

喬尼凍僵的目光在搜尋

又一個夢的重

詩人肩膀微傾，支撐

一個下巴全部的重

演員在牆上懸掛一頂帽子的輕

新年鐘聲響起　淚水發白

莉莉和瓊在廚房裡忙碌

5. 吧座閒談

莉莉說：談談過去……

——過去我穿一身白的絲綢

　　紫色髮簪和骨頭手鐲

　　赤腳在守夜的日子跳舞

有個人為我點起大紅燈籠

瓊的玉指蔥蘢，在吧臺上擊叩

莉莉說：談談命運……

——命運趕製著鍍金的臉譜

　　為了一個晚上　在臺上顛仆

　　有人中箭落馬　輾轉而死

　　有人扮相清雅　唱作俱佳

瓊的雙腿晃蕩　追逐音樂節奏

莉莉說：談談男人……

——男人總是忙個不停

　　為了陰謀或者可心的人

在一些日子裡盲目出行

另一些日子裡厭倦人生

瓊的星眼搖曳　舉起金色酒盅

莉莉說：談談愛情……

──愛情在枝頭扔下讖語

一朵白荷朝向一張臉

一朵血紅的玫瑰朝向一顆心

月亮的尖刀在咒語中飛旋

瓊的鬢髮疊亂　飲光杯中瓊漿

6. 中央公園

在那樣一個下午　比上午長得多

比夏天熱得多

白花花的軀體倒在炎熱的草地

莉莉和瓊挾著畫板

熟透的眼睛變幻不定

一個男人走過　不夠浪漫

又一個男人走過　不太傷感

多少個男人營養過剩的臉

走過中央公園　被一一指點

莉莉支起畫板　抬起下巴

江山如畫　什麼也沒改變

不能不想起那無法躲過的幾年

莉莉的心在白色透明的絲裙裡

跳來跑去……瓊的心

正傾向莉莉的十根手指

蔥管似的手指

迫切豎起莉莉存在的問題

炭條飛舞　出現瓊的臉

幸福的指標在何處兌現？

懂得，僅僅是懂得在支撐

內心的半壁河山

多麼憔悴瓊的臉！

現在正是眼前：

畫過一個窈窕淑女

坐立不安　又畫過

一個野心勃勃的女人

紅髮美顏　從紙上躍起

完美和令人感歎

也畫過飢餓者的青白

各色皮膚的遍體鱗傷

在那樣一個下午
比上午更長
比撕去日曆的日子更長
設想莉莉和瓊
已步入公園審慎的中間地帶

7. 談夢

談到一個夢　莉莉
解開回溯的韁繩
飛快地馳入黑夜
　　夜晚從家裡出發
　　莉莉飄進無人的邸宅
　　卻是紙窗竹屋
　　莉莉在紫檀桌旁坐下
　　想起病中的母親，淚如雨下
談到另一個夢　莉莉
飲乾酒杯，雙頰微紅
各種酒瓶杯盞在四下遊動
　　瓊著華麗衣飾　緩著步走
　　又有曲聲斷續

又有笙管悠揚

卻是大喜的日子

漸漸遠去的街道上

很難辨得出哪一個更黑：

瓊走過的身影

或她心裡的憂鬱？

談到從前的夢

莉莉不再傷心，縱有西風

不再解當年的風情

　　一年一度，夢裡來到這邸府

　　房中器皿修潔

　　香奩微塵不生

　　莉莉的臉總埋在寂寞深處

　　直等到天黑，鬼面曖昧

　　帶來許多幻象

　　那隻手準備就緒

　　要邁向成功之路

又有個夢，快活得緊

莉莉笑靨初綻　講了又講

在這個無聊的晚上

黑暗中來了兩個孩子

馬蹄嘚嘚，送來愛的禮物

想像自己是母親

兩個孩子　兩隻手

環繞膝下

成對的靈魂在四周交談

這些生育的事情　這些指標

可就是幸福的指標？

8. 科羅娜19號

科羅娜19號

瓊在樓上　莉莉在樓下

科羅娜19號

女人在夢裡　男人在夢外

窗簾在吱吱嘎嘎地擴展到對面

他們來了，三個黑人

穿過整條街道　開著小貨車

他們的手裡閃爍著工具的光芒

凱瑟在夢裡尖叫：

她的零散的衣物　她的首飾

她日夜記掛的珠寶！

科羅娜19號

瓊在樓上　莉莉在樓下

科羅娜19號

女人在離開　男人在回來

親屬們在黑暗中齊聲尖叫

他們來了，三個西班牙人

穿過整條街道　開來小貨車

他們的手裡閃爍著工具的光芒

喬尼在低聲地吼叫：

他的美餐似的鏡子　寂寞的硬幣

他用了又用的二手電腦！

科羅娜19號

瓊在樓上　莉莉在樓下

科羅娜19號

女人在熟悉　男人在轉圈

夜晚醉心的一切在慢慢擴大

他們來了，三個中國人

穿過整條街道　開來小貨車

他們的手裡閃爍著工具的光芒

莉莉和瓊在不停地念叨：

她的湧上舌尖的幻夢　她的藥櫥

她們的鐵欄和陽臺的合唱

科羅娜19號

瓊在樓上　莉莉在樓下

科羅娜19號

女人在等待　男人在留戀

時針和分針在操縱原有的童話

9. 走出家門

走出家門，走出地鐵車廂

兜裡裝著城市地圖

許多陌生面孔閃來閃去

走在活人或者死者當中

一天比一天習慣

白領麗人的嚴肅儀態

我的步履僵硬

在高大樓群間斡旋

一二三　不斷提升的

撞擊，啄木鳥似的

向我走來金屬高跟鞋

一個高高的女人

像我夢中的奇遇

醒來忘卻的人物

她帶著時間和地理上的悲哀

我獨自站在直街橫街的交點上

　　　我的朋友莉莉帶來她漂亮的花布

　　　她滿心的花朵呼之欲出

　　　這冷香環繞臥室使她一臉通紅

　　　她早年的遭遇撲朔迷離

我獨自站在橫街直街的交點上

電話亭裡傳來死亡的撥號聲

許多人將於今天死去

（鄰街的男人打擾我

明顯多餘的單詞

活像一個遠離塵世的人

自言自語）

我身旁匆匆走過美貌男女

他們襤褸的衣衫或華貴的服飾

是每天的風險

與我毫無干係

但我站在這個橫豎的點上

多少足跡已與我糾纏不清

　　靦腆的莉莉拿起她的

　　繡花繃架　想起她媽媽

　　將死於癌症　大滴的眼淚

　　染紅她的中國花布

我站在電話亭前重複撥號

我要說些什麼？對誰？

我的聲音穿過巨大的空間

千里萬里　如此無聊

一點一滴的問候

考驗耐心──我們彼此

站在橫直街口的電話亭

想起一個令人發笑的愛情

我的臉在稻草人櫥窗裡

與漂亮的時裝模特兒對視

我們欣賞各自的冷峻

低薪階層在身後談論著

新的降價銷售

和戰爭消息

　　　　多情的莉莉正在描龍繡鳳

　　　　描著一對鴛鴦

想起他的情人

他那來自東方的滿腹經綸

1993.10

1995.1.22

臉譜生涯

1.

揮毫浸墨，那人
執筆向上，鏡中的臉
一半明淨，一半靛藍

有人在前臺，或唱或做
幾聲清嘯傳來，又幾聲喝彩
燈光轉暗　看不清本來面目

事物有事物的規律
那人說：「願聞其詳。」
感覺到窸窸窣窣的綢緞襯裡

2.

配一朵紙花在鬢角
於是就有潦倒的我
在燈影中勾畫臉譜
（真實的為何物？明明暗暗
鏡中的我亦即戲中的我
看不清面目，看清了臉譜）

猛然抬頭　琴聲清越
一口美髯在旋轉
舞臺和帷幕　都在動

3.

一時三刻　正午時光
幾個石塊　幾粒沙包
男孩和女孩妝扮停當

一時三刻　正午時光
臉譜下埋藏一代君王
他選擇了悲劇形象

一時三刻　正午時光
面具拋在一旁
血肉和骨頭坐在椅上

4.

那人揮鞭　　漸漸變成
一匹馬，幾個手勢
縮成一團繮繩

那人舉袖　　漸漸變成
一座城，城內無人
退走眾多敵兵

那人伏案　　漸漸變成
一本書，翻開書頁
日子又是陰陽兩半

5.

一爐沉香，焚著一台的寧靜
臉譜和臉譜疾走不停
潦倒的我唱一齣《夜奔》

天生美質　仍是白頭之客
我飽蘸濃彩，慢慢地
一字字道出蒼涼，孤寂

（偌大的夜晚是我的背景
我是我，不是臉譜中的你
如此工於計謀，心思綿密）

6.

我唱出誰的曲調？
後臺的陰謀無止無休
戲劇卻總是如此淒美

戲中距離不是真實的距離
體內的靈魂是否唯一的靈魂
我淚眼婆娑，看不見你

臺上人走步輕盈
像風拂過黑夜的松林
大紅綢衣，閃光的翠鈿

7.

那人就有了一世的聲名
那蒼白的　瘦削的人
名字代表了一種聲音

那人低頭卸下戲裝
在陽光中顫抖不安
已不習慣少女洗盡鉛華的臉

彷彿古老的獻祭還在
古老的魂靈走來走去
那人遠離歲月，已走得太遠

8.

女人們描眉作態
她們內心的燈火已全部點燃
照亮死亡不真實的場面

於是癡心的古代少女死了
她們毫無性感的肉體存在
絲竹聲中　情意綿綿

舞臺上紅色巨大的沙漏
正緩緩漏出百年的時間
年輕貌美的佳人已走到邊緣

9.

但覺此身總站在台前
已分不出繁忙空閒
台下的人惟有點頭叫好

六月的雪片似的靈魂落下
照亮舞臺歌榭上的一代臉譜
潦倒的我　此時激情如狂

（穿雲裂帛的一聲長嘯
層層疊疊地感受這奇妙
看他咬嚼吞吐，做盡喜怒哀樂）

10.

你，幾乎就是一縷精神
與你的角色匯合
臉譜下的你　已不再是你

（面具之下，我已經死去
鑼鼓點中，好比死者再生
我的身段古雅，獨擅此情）

很久以前，一個臉譜勾勒已成
它鍾愛自己，也鍾愛靈魂
那人還在燈火中穿行

1995.5.9

盲人按摩師的幾種方式

1.

　　「請把手放下」，盲人俯身
　　推拿腰部，也像推拿石頭
　　生活的腰多麼空虛
引起疼痛

　　盲人一天又一天推拿按摩
推拿比石頭還硬的腰部

2.

　　「注意氣候，氣候改變一切」
　　梅花針執在盲人之手
我盡力晃動頭部：「這是什麼？」

　　生命，是易碎的事物
　　還是骨頭，骨節，骨密度？
梅花針扎在我的頭部

3.

「請敲骨椎第一節,那裡疼痛」
盲人的手按下旋律的白鍵
「這聲音怎麼這樣淒涼?」

我知道疼痛的原因
是生命的本質,與推拿無關
但推拿已進入和諧的境界
盲人一天又一天敲打
分享我骨頭裡的節奏

4.

「轉過身去,調勻呼吸」
盲人的手按下旋律的黑鍵

暴風雨般的即興彈奏
他空洞的眼裡無怨無欲
甚至他的呼吸也極度平靜
他的兩手推拿世間的問題
盲人有盲人的方式

他思索下手的輕重緩急
與我們的方向一致

5.

「請注意骶骨的變化」，他說
他的手指熟知全世界的穴位
他的手掌兼修中西兩種功力

當他使勁，十根指頭落下
貫注全身的一股深邃力量知道
一種痛苦已被摧毀

另一種痛苦來自肺腑
來自白色袍子的適當切入
以及我那怯懦的心跳

6.

盲人一天又一天摸索
熟悉的事物，漸漸地
漸漸地達到澄明的高度

從一塊堅硬的石頭，或者
在空氣中飛舞的跳動的塵埃

一男一女，兩個盲人
看不見變易中的生死
看得見生死中的各種變易

7.

一次，他拿出兩個罐子
其中一個是空的，另一個也空

一滴水就從身體裡慢慢溢出
但是他看不見，現在他抽掉
裡面的空氣，點燃酒精棉
他想要得到什麼？

除了腰椎的十四個關節
還有骨頭深處的陣陣寒意⋯⋯

8.

響了一夜的孤寂之聲
「現在好了，寒氣已經散盡」

他收起罐子，萬物皆有神力
那鏗鏘的滴水的音律
我知道和所有的骨頭有關

一天又一天雨下個不停
盲人按摩師的手抓住的
是不是那石頭般的內心恐懼？

9.

「這裡怎樣？這裡應該是
感官的觸動，這條肌肉
和骨頭之間有一種痛
能觸動你的神經，壓迫
你的手臂，毀滅你的黑夜

不要讓風穿過你的身體
不要讓恐懼改變你。」

10.

如果能把痛楚化成
有形的東西，類似
抓住一把鹽，灑在地上

類似端走一盆清水
從皮膚裡，類似
擦掉蘋果上的汙跡

類似手指按下琴鍵
隨即又輕輕地移開

11.

手指間的舞蹈，很輕
指力卻渾厚，生命中的
強弱之音此時都在

盲人坐著，細說記憶
那觸手一摸，心靈的辨識
比眼睛的觸摸更真實

大腦中反覆重疊的事物
比看得見的一切更久長

12.

塵世中的一大堆雜念
被你熔於黑暗一爐
終將打成整鐵一片

當你想看，你就能看
最終達於靜止的世界
日子年復一年，並不休息

盲人俯身，推拿
疼痛的中心，一天又一天

1996

剪刀手的對話——獻給弗里達·卡洛

1.

「對我說吧，僵硬的逃亡」
一根脈絡和無數枝葉移動
圍繞肝臟　本能地搖擺

「對我說吧，耐心點」
獻給卡洛的長形剪刀
導致我肺部的感染

蝴蝶一撲　點燃她滿嘴的桃紅
女人的顏色來自痛
痙攣、和狂怒

「對我說吧，僵硬的剪刀手
我不會躺在七零八落的敲打中
讓那年邁醫生的鋼針
和他考察病理的目光
為我如此裝扮」
「搗碎的脊柱，不如一根鐵釘
我已得到足夠的治療」

2.

俯身向玻璃　剃刀邊緣
察看毛孔的健康狀況
和受傷的皮囊
我，流離在五光十色之間
深入⋯⋯淺出⋯⋯

「為了美，女人永遠著忙」

請看體內的鐵釘
在一朵憂鬱烈焰的炙烤下
斑斕　怎樣變成她胸前的雕花圖案

洗滌槽中，血水
與口紅的色彩波動
冰冷的上方
我那眩暈的兜售者
從紅腫的雙眼裡
噴出瀑布　蔑視感染

「玻璃或鑽石

還有撩撥人的目光

促使她們瘋狂」

3.

蜂鳥、刺藤的擁抱

掠過她狂熱的

流血的脖子　創造美的臉龐

蝴蝶一撲　　飛起來

從卡洛冰涼的鐵床上

閃光、金黃

吱吱響的四隻車輪

目睹了這個女人的戰場

一根根向上生長的毛髮

和她的濃眉是

內心茂盛繁榮的氣象

穿透石膏護身褡

穿透塌下來的一片天

「我已掌握了恐懼的形狀」
卡洛俯身向前，低聲細語
我聽見剪刀軋軋之響
以及石膏、拐杖
它們痛斷肝腸

4.

剃刀邊緣　閃著鑽石的光
成為我前胸主動的安排
髮式在意仿中變幻　忽長忽短
暗夜的香味漿洗著雙眼

雙眼　越靠近玻面　越黑
她的嘔吐打擊著盤旋的光線
令人擔憂：歡樂的背面

背面：你來看
濃濃淡淡　黑白的光影
一株植物從最多減到單一

她洗淨顏色……
何如一杯在手

「為了美，女人暗暗淌血」

淌血，誰會在乎：
她心中的剪刀正在剪
一個愛的真輪廓　她注視
動物之眼一樣犀利
兩腿絞動著　發出嘛嘛聲

嘛嘛　鹽一樣刺痛的聲音
它不是從口中嗚咽
也不是在耳邊溫柔
它是一根舌頭絞動無望的花莖

5.

在黑暗中　我的腿腳伸出
與卡洛跳舞
「女人們：來，去
蠟燭般燒毀自己的本性」

「不必管那眼神夠得著的搜尋

卡洛，我們破碎的脊柱

服從內心性欲的主動」

年幼者取悅漂亮的玻璃

為毀滅的碎片受苦

年長者沉默不語

像堅強有力的石頭的靈魂

著魔時，也保持內部的完好無損

「為了美，女人痛斷肝腸」

雙腿絞動著　剪刀手

修剪黑暗的形狀

忙著切開、砍、分割

忙著消毒、閃光

何人如此適合

握住這把手術刀　掛滿嘲笑

要對付我們共同的腰病

卡洛──我們怎樣區分來自剪刀刀鋒

或是來自骨髓深處的痛？

1996

時間美人之歌

某天與朋友偶坐茶園

談及開元、天寶

那些盛世年間

以及紛亂的兵荒年代

當我年輕的時候

我四處尋找作詩的題材

我寫過戰爭、又寫過女人的孤單

還有那些磨難，加起來像椎子

把我的回憶刺穿

我寫呀寫，一直寫到中年

我看見了一切

在那個十五之夜：

一個在盤子上起舞的女孩

兩個臨風擺動的影子

四周愛美的事物──

向她傾斜的屋簷

對她呼出萬物之氣的黃花

鼓起她裙裾的西風然後才是

　　那注視她舞蹈之腿的

幾乎隱蔽著的人

月圓時，我窺見這一切

真實而又確然

一個簪花而舞的女孩。

她舞，那月光似乎把她穿透

她舞，從腳底那根骨頭往上

她舞，將一地落葉拂盡

　　（她不關心宮廷的爭鬥

她只欲隨風起舞、隨風舞）

　　四周貪婪的眼光以及

　　愛美的萬物

就這樣看著她那肉體的全部顯露

當我年輕的時候

少數幾個人還記得

我那些詩的題材

我寫過疾病、童年和

黑暗中的所有煩惱

我的憂傷蔑視塵世間的一切

我寫呀寫，一直寫到中年

我的確看到過一些戰爭場面：
狼煙蔽日，劍氣沖天
帥字旗半捲著四面悲歌
為何那帳篷裡傳出淒涼的歌詠？

一杯酒倒進了流光的琥珀酒盞
一個女人披上了她的波斯軟甲
是什麼使得將軍眼含淚花？
是什麼使得絕代美女驚恐萬狀？

（她不關心烏騅馬嘶鳴的意義
她只願跟隨著它，跟隨他）

除了今夜古老的月亮以及
使我毛髮直豎的寒風
還有誰？注視著這一堆
淤血和屍骨混合的影像

當我年輕的時候
我丟下過多少待寫的題材
我寫過愛情、相思和

一個男人凝視的目光　　唯獨沒有寫過衰老

我寫呀寫，一直寫到中年

西去數里，溫泉山中

浮動著暗香的熱湯

一件絲綢袍子疊放在地上

西去數里，勒馬停韁

厭戰的將士一聲吶喊

黑暗中總有人宣讀她們的罪狀

西去數里，逃亡途中

和淚的月光

一根玉釵跌落在地上

（她聽不見動地的鼙鼓聲

她聽見綿綿私語，綿綿誓）

千軍萬馬曾踏過這個溫泉

那水依然燙，依然香

後世的愛情，剛出世的愛情

依然不停地湧出，出自那個泉眼

某天與朋友偶坐茶園

談及紛紛來去的盛世年間

我已不再年輕，也不再固執

將事物的一半與另一半對立

我睜眼看著來去紛紛的人和事

時光從未因他們，而遲疑或停留

我一如既往地寫呀寫

我寫下了這樣的詩行：

「當月圓之夜

由於恣情的床笫之歡

他們的骨頭從內到外地發酥

男人呵男人

開始把女人叫作尤物

而在另外的時候

當大禍臨頭

當城市開始燃燒

男人呵男人

樂於宣告她們的罪狀」

1996

三美人之歌

三個女人
一個穿紅
一個著白
一個周身裹滿黑色
並肩而行
她們的目光有時割破空氣
有時又穿過那些光亮
繁衍自己的同類
連同她們內心的顏色

1. 紅

「在這花好月圓之夜
我全身紅色」她說
「那紅，超乎我們的吉日
超乎那燭光的抽象
隱藏著一種動盪生活的不祥」

但在這花好月圓之日
她不知道，也不顧
婚姻裡潛伏的絕望

她對鏡卸妝

「那紅，把這個喜慶之日拉長」

「除了你的眼睛，還有誰？

看到那鏡中猛然

飛入的一抹紅暈

還有那映入記憶的

骨肉勻停」　她說

我看到了來自遠古的影像

紅色夜晚裡唯一的酬勞

那紅，悲哀地來自長城腳下

死去的新娘

一哭，令萬里河山悲慟，

二哭，令灰色磚石傾圮

三哭，哭倒了古老的城牆

我感到了來自遠古的激情

仍在每一塊磚石中潛行

彷彿是透過她的體內

當我站在這裡，全身紅色

背後是八萬里晴天

在等待那一聲摧毀性的哭泣

2. 白

白衣女人盜走一株靈草

白裙飄飄，闖進神聖之地

她穿梭生與死的邊界

「為了我的情郎

與我腹中的孩子」　她說

在她的閨房　死者

平靜地經歷了恐怖

白色遮蓋了記憶中的歡暢

現在，透過另一雙眼睛在期待

那起死回生的時刻

她身邊匆匆跑過的花兒朵兒

在竊竊私語，誰能分辨

她修煉千年的肉體和

涉世未深的靈魂

像那不可動搖的形象：
「為了我的情郎
與我腹中的孩子」　她說

在她的閨房　死者
等待神奇的顯昭
他為情倒斃　死於心碎
但在天上的一雙眼睛
卻注視著一株返魂的藥草

攔住她去路的動物們
也在竊竊私語　誰能比較
她那成仙得道的心和
凡塵俗世的愛情
像那不可動搖的形象：
「為了我的情郎
與我腹中的孩子」　她說

如今，她站在我的面前
白得耀眼　白得醒目
白得從這個世界上

取走那曾經有過的顏色
當我站在她的面前
多少遊人在這裡閒逛　只有我
感到了來自遠古的野性
在每一根地縫裡向我潛行

當我站在這裡，一襲白袍
眼前是八百年的傳說
把她的靈魂鎮壓在一座塔下

3. 黑

在黑夜，黑透的深處
她比黑更黑，因為她
從陽間進入墳墓
「如果他死了，我也不活著
用呼吸捲起他空虛的影子
將石碑搗爛」　她說

在更黑的深處
她的珍珠耳環在閃亮

他們活得比人們更長久
那些毀滅者的死訊
可以告慰她內心的傷口
和浮想聯翩的屍骨

「如果他死了，我也不活著
那裡，黑夜像一塊無法進入的
完整的皮膚。用哭泣捲起
一小塊風暴
將石碑搗爛」　她說

對活人緊閉的黑，接受
她比黑更逼人的目光
頭上的腳步繼續壓迫
她的心臟　但是
她的鍍銀翹頭插在鬢旁

「如果他死了，我也不活著
用痛苦把石碑搗爛
呼吸死亡的新鮮味道

於是，在黑夜裡

為你疊被鋪床」　她說

對活人緊閉的那一種黑

我無法觸到　但從

地底深處　向上

長出來自遠古的樹根

在陽光下，枝葉繁茂

在地底，他們不再有死亡

他們的七彩蝶衣

在一片芳草中　尋找些許豔影

在悲傷中翩翩起舞

如此之輕　寂寞的靈魂

穿越過玲瓏剔透的小小形體

當我站在這裡，向上流動的血液

鼓動著我黑色的風衣

向上勁飛　好似她在領舞

1996

十四首素歌──致母親

1. 失眠之歌

在一個失眠的夜晚
在許多個失眠的夜晚
我聽見失眠的母親
在隔壁灶旁忙碌
在天亮前漿洗衣物

盲目地在黑暗中回憶過去
它龐大的體積　它不可捉摸的
意義：它凝視將來

那是我們的秘密
不成文的律條
在失眠時　黑夜的心跳
成為我們之間的歌唱：
它凝視將來

盲目地回憶過去
整整一夜我都在猜想
母親當年的美貌：

她潔白的雙頰

纖細的長眼形

從泛黃的相簿裡浮起

還有時代的熱血

鷹一樣銳利的表情

就這樣　她戎裝成婚

身邊　站著瘦削的父親

在失眠之夜　母親灶前灶後

佈置一家的生活場景

她是否回憶起那北方的紡錘──

她童年的玩伴？

永遠不變的事物使它旋轉

就像群星的旋轉

它總要圍繞一個生命的軸點

多年來我不斷失眠

我的失眠總圍繞一個軸點：

我凝視母親

2.

低頭聽見：地底深處

骨頭與骨頭的交談

還有閃爍的眼睛奔忙

就如泥土的靈魂

在任何一種黑暗中

聽見白晝時：

雄雞頻頻啄食　旁若無人

3. 黃河謠

母親說：「在那黃河邊上

在河灣以南，在新種的小麥地旁

在路的盡端，是我們村」

在黃河岸邊　是謝莊

母親姓謝　名諱

若香草和美人之稱

她從坡脊走來

河流擴大

坡地不斷坍塌　泥土

湧到對面的河灘之上

母親說：「我們的地在一點點失去」

於是就有了械鬥、遷徙

就有了月黑風高時的搶劫

一個鬼魂的泅渡

就有了無數鬼魂的奢望

那些韶華紅顏的年輕女孩

他們的愛人都已逝去

「在黃河上颱來的颱去的寒風

每年颱著他們年輕的屍骨」

雖然河水枯黃、石灘粗糙

但母親出落得動人

她的臉像杏子

血色像桃花

當她走過坡脊

她是黃河邊上最可愛的事物

當她在河邊赤腳踩踏衣服

一股寒意刺痛了岸邊的小夥
使他們的內心一陣陣懊惱

我的四十歲比母親來得更早
像鳥兒一隻隻飛走
那一年年熟視無睹的時間
我天生的憂傷鎖在骨髓裡
不被走在我身旁的人所察覺
我的四十歲比母親來得更早

「什麼樣的男人是我們的將來？
什麼樣的男人使我們等到遲暮？
什麼樣的男人在我們得到時
與失去一樣悲痛？
什麼樣的男人
與我們的睡眠和死亡為伴？」

我的母親從坡脊上走來
挾著書包　還沒有學會
一種適合她終身的愛　但
已經知道做女人的弊病
和戀愛中那些可恥的事情

她沒有絲綢　身著麻布衣衫

誰看見她

誰就會忘記自己的一切

使遙遠的事物變得悲哀

使美變得不朽

時間的筆在急速滑動

產生字　就像那急速滑落的河灘上

傾泄如注的卵

不顧及新墳中死亡者的痛苦

流到東　流到南

又拍打到對面

不顧及人們為它死在兩岸

4.

事物都會凋零

時間是高手　將其施捨

充作血肉的營養

精液流出它們自己的空間

包括臨終時最後的一點

5. 十八歲之歌

母親說：在她的少女時代
風暴和鬥爭來到她的身邊
鋼槍牽起了她的手
屍骸遍野塞滿了她的眼睛

我的母親：兒童團長
她的兄長挎槍乘馬
是遠近馳名的勇士
生生死死
不過如閨房中的遊戲　她說
她放下織梭
跟著愛人遠去

敵人來到：攜槍、或運炮
村莊被傾覆　親戚四散奔逃
在母親的眼裡　我看到
那些人的影像：
他們是我的姑表中親
血緣裡的一部分

有時從相冊裡探出沒有呼吸的臉

或者目光嚴峻

或者沉默寡言

戰鬥、獻身、矢志不移

他們被血浸透的單純

像火一樣點燃　在那些戰爭年代

我的十八歲無關緊要

我的十八歲開不出花來

與天空比美　但

我的身體裡一束束的神經

能感覺到植物一批批落下

鳥兒在一隻隻死去　我身內的

各種花朵在黑夜裡左衝右突

撞在前前後後的枯骨上

我的十八歲無關緊要

在那些戰爭年代　我的母親

每天在生的瞬間和死的瞬間中

穿行　她的美貌和

她雙頰的桃花點染出

戰爭最詭奇的圖案

她秀髮剪短　步履矯健

躲避著叢林中的槍子和

敵人手中的導火線　然後

她積極的身軀跑向

另一個爆破點

母親講述的故事

都有大膽的結論

不尋常的死亡方式──犧牲

或不具體的

更悲切的動機　不同於我

對死亡的擔心

對虛無世界的憂心忡忡

對已經到來　將要離去的

歸宿的疑問

沒有人來聽我們的演說

也沒有人關心我們相互的存在

當然　也沒有人來追捕我們

亡命的生涯　而且

也沒有子彈穿過

我們的鬢髮　沒有五星

成為我的髮飾　我只是

讓幻想穿透我的身體

讓一個命運的逆轉成為我

骨髓裡的思想

6.

——「最終，我們無法忍受」

黑眼女子端坐火邊

中立的髮型前趨

離別像一把刀　等待

男人的心入鞘

而女人掌握了使它流血的技巧

7. 建設之歌

我的出生地：

一座寺廟　幾間危房

高處一座黑塔

護衛我的：一個本地女孩

戰爭搞亂了母親們的生育

胎兒如幽靈向外張望　但

沒有權利選擇時間

如果能夠選擇

我該會選擇第一個出生

而不是最後　如果

選擇能夠改變人類的第一步

我將躲開各種各樣的命運

或者最好的一種

或者早夭

事實上　我出生：

向著任意的方向

來不及分析哪樣更好？

在母體的小小黑暗裡

還是在世界廣大的白晝中

萬物像江河奔來

像陽光刺痛我的雙眼

接連幾個月　我緊閉兩眼

躺在床上　那是我
終身要躺的地方

我的母親　戎裝在身
紅旗和歌潮如海地
為她添妝
而我　則要等到多年後
在另一個狂歡的時代
模仿母親的著裝
好似去參加一個化裝舞會

「我們是創建者」　母親說
她的理想似乎比生命本身
更重要　創建是快樂的
比之於毀壞
人們懂得這一點

鐵錘敲擊藍圖
現代之城在建設的高音區
普遍地成長
高大、雄偉、有誰在乎

匍匐在它腳下的時間之城

那有爭議的美

為建設奔忙的母親

肉體的美一點點地消散

而時間更深邃的部分

顯出它永恆不變的力量

8.

沒有一個男人回頭望

他們爬出針眼

注視敵人的眼睛

在交媾時威風八面

直到在寒冷中下葬

9. 觀察螞蟻的女孩之歌

螞蟻移動著　來回穿梭

像移動一個純淨的下午

一個接一個　排列成行

偶然相互擁抱

「我聽見你們在說話」
觀察螞蟻的女孩　我說

她出現了　在周圍極端的小中
她是那樣大　真正的大
她有自己的冠冕
蟻王有她自己的風範

「我用整個的身體傾聽
內心的天線在無限伸展
我嗅到風、蜜糖天氣
和一個靜態世界裡的話語」
——觀察螞蟻的女孩　「是我」
螞蟻溢滿了我的火柴盒
它所在的世界沒有風
沒有話語　它們
輕輕一觸　觸摸到什麼？
從那不可見的事物中
得到我們不可見的消息

這時　我突然置身在

那巨大的火柴盒裡　她那

巨大的冠冕　殘忍地蓋住我

她那巨大的呼吸和歎氣

吹動我的命運　我的身體

她在一個女孩眼中的形體

和火柴盒在她眼中的形體

是這個世界的變異

「媽媽，請給我一個火柴盒」

觀察螞蟻的女孩　我說

10.

一切都無憂無慮

──老人低頭弈棋

調整呼吸　不考慮身前身後

急如旋風的紀念

他的枯乾骨指老而益尖

11. 舞蹈的女人之歌

母親說：你本名萍

萍蹤何處？萍影漂泊

神秘的鏡子裡我笑不出

我、家族的下一代

經過一個蕭殺的童年

和一個苦惱的少年

現在進入寂寞的時代

我的三十歲馬馬虎虎

誘惑我的感情已不重要

「當愛來臨，將取走你的眼睛」

桌邊：一杯劣質咖啡

一下午的偎頸共語

一個被稱為柏拉圖式的愛情

毀了我的青春

我的母親不相信她的親眼所見

還有那些白髮長者：

在月光下　在臨水的河邊

我全身抽搐　如吐火女怪

鬼似的起舞　骨骼發出嚇人的聲響

我當眾搖擺的形體

使她憎惡

我就地燃燒的身體

讓他們目瞪口呆

他們不明白為什麼

肉體的美會如此顫抖

連同肉體的羞恥

他們習慣於那獻身的

信仰的旋律

於是　舞蹈從中心散盡

帶著母親的斥責四處逃掉

還有我那些不明真相的同類

風　把他們各自的騷亂送得很遠

我的二十歲馬馬虎虎

如今漂泊日久　勞作多年

與另一名男子愛慾如狂

我終於到達一個和諧　　與青春
與一個不再殘酷的舞蹈

12.

因此在一夜間
被美逼近
在一絡髮絲纏繞下
愛和恨　　改弦易轍
培育出幻影
並隨青春的酒漿
慟哭或銷魂

13.黑白的片斷之歌

現在　　我敲打我那黑白的
打字機鍵盤
頗為自得
像幹一件蠢事般自得

我已不再用自己的心靈思索？
那一大堆字母

組合成的五筆字形？

像水草　在一片藍色中流動

能否流出事物的本來面目

它不知道一級解碼的過程

它呈現：就是終極的面目

我的四十歲比母親來得早

骨髓裡的憂傷是她造成的

她不知道　但她的思想

暗暗散發進我的體內　就像

一盤桃子的芳香暗暗

散發進我的鼻孔　她造成

我倦怠生命中最深遠的痕跡

比任何黑白字母的滲透更有力

我的四十歲比母親來得更早

當我敲打我那黑白的

打字機鍵盤　用肘緊靠桌面

母親彎腰坐在她的縫紉機旁

用肘支撐衰老

敲打她越來越簡單的生活

從她的姿勢

到我的姿勢

有一點從未改變：

那淒涼的、最終的

純粹的姿勢

不是以理念為投影

在我體內有一點血脈

稠密的一點

來自母親的容顏

她那桃花式的血色素

我未能繼承

成為生命裡部分的遺憾

除此之外　我繼承著：

黃河岸邊的血肉

十里枯灘的骨頭

水邊的塵沙

雲上的日子

來自男方的模子和

來自女方的脾性

還有那四十歲就已來到的

衰老　它重疊：

就是終極的面目

始於那坍塌的坡地
和一點點移向他方的泥土
堆積起來的村莊的意志

終於一種不變的變化
緩慢地，靠近時間本質
在我們雙肘確立的地方

14.

於是談到詩時　不再動搖：
──就如推動冰塊
在酒杯四壁　赤腳跳躍
就如鐃鈸撞擊它自己的兩面
傷害　玻璃般的痛苦──
詞、花容、和走投無路的愛

1996.7-10　一稿

1996.11.10　二稿

小酒館的現場主題

1.

褐色和整個的夜
端上一小杯金湯力
周圍多少的噪音摻橙汁
留給我一人　忍受那香精味

男人的話語總不那麼如意
一隻手拈起一片檸檬時
我盯住那強有力的喉結
但我只是　輕輕嚥下一口酒
對你們說：「什麼也沒有」

一些模糊的身影　背著光
整理他們的眼球　他們
將保證一個美學上級的勇氣
他們的手指、音節
和著笑容在屋裡飄來飄去
我不相信規則　因此我備受打擊
當我帶醉嚥下一口唾沫
我仍要對你們說：「沒有」

一個聲音對我耳語：「有價值

　　或無？或者終結……

　　全依賴你個人的世故……」

同一個聲音在哼著一首

正當的歌曲

鄰座的女孩嚶嚶而泣

多少雙眼睛在吞囓她哭泣時的動人

她的美　是否連著

窗外整個黑夜的筋骨？

2.

　　一男一女　配合著

　　飲乾一杯金湯力

「請遞給我一張手巾……」

一個解悶的女郎不忠實

　　她的殘酷的偶像

　　又一個美學上級過來了

　　分給她們奶嘴、奶瓶和

他永不成熟的觀念
一隻手從桌上抽回　久久
等待另一隻　男的問
女的答　配合著
一小杯金酒加香橙

「請保留你的號召……
讓我傾向晚年的潔癖」
女人的手端起她的微笑
端起她的心　飲一口「拒絕」

我向整個歲月傾倒我的本分
轉動兩顆好大的骰子
在我的眼球裡　懇請你們
不要注視我由暴戾向平靜
噴出的鼻息　男人們

「最後一次了」　她的音調
在意向上　與他的唇疊合在一起
她的嘴裡含著　一個受傷的
中邪的詩句

作為情人　或僅是女賓
她想沉默時
　　整個的氣溫沉默達零
　　「請保留你機械的漠視……」
　　轉動他兩顆好大的骰子
　　在相機的眼球裡
但是請不要將我裝裱
用現代色情　或不加取捨的
紳士般的體貼

3.

當長髮掉落在粗呢桌布上
「請讓我保留衰老的權利」
挺住一個青春的姿態
讓我閑坐　在一群光嫩者中間

她們中間的全部　青春纏綿
使一桌靈魂出竅　當她們
繃緊那閃光白緞的皮膚

我願意成為　窗外的夾竹桃

保有　危險而過時的另一種味道

把吃掉的口紅　藏進

枯萎身軀的中央

那麼　請從桌子的那一端　把死亡

換到我的側面　請把

生理的寫作放到另一端

請授權於衰老

把青春期的被內哭泣

換成座中的杯盞交錯

請讓我安靜地　與死亡

傾心交談

與死亡同桌　這一刻

我想了多年　也未想出

一個打火機點燃的如此局面

我們分坐兩端　各執一副

象牙骨牌

須臾　從它粼粼青光的手上

扔出一張「絕望」

我回應一張「日月悠長」

當它打過來一張「不祥」

而我的判斷　被自殺者的

能量和他頭骨的凹陷

消費掉

請死亡洗牌　它會將

黑暗填滿我晚年的廚房

那麼　就讓我將痛苦薄薄地說出

像吐出一口濁氣那樣方便地

吐出衰老的跡象　既不掩飾

也不誇張

打火機點燃少男少女的凸面　他們撮起的櫻唇

並非吐出青春的毒藥

他們頑皮的噓聲裡

有著微暗的火光

5.

一杯烈酒加冰端在

一些男人的手裡　正如

一些烈焰般的言辭　　橫在

男人的喉嚨

他們中間的全部

渴望成為幻覺的天空

偶爾浮動　　顯現、發射出美學的光芒

我滿頭的銀線

此時著了火似的　　反射出

鬢旁的蛇形耳墜和地面的月形刀

坐在高凳上的黑衣裁判

吹著口哨　　睜開他的牡蠣眼睛

盯著我兩手攤開的位置

「最後一次了」　　我說

像吐出一口濁氣

「什麼也沒有」

1996.11

週末與幾位忙人共飲

一、週末求醉

「誘惑力」或者「蘭桂坊」

還有「紅番部落」^{（注）}

像夏夜的蚊蟲　叮滿

這個城市的面孔

瘦削的街道伸展喉嚨

整夜倒進去

川流不息的夜生活

「我只喝白酒」

（四十度的伏特加）

酒精從體內直逼向指尖

我被迫　用魚的腮

呼吸　周身像鱗一樣張開

酒的醇厚香氣

她的各色小辮

軟軟垂下　與她

醉後的雙臂

我聽見酒滴砰然

落入胃中　那陰沉的胃

不願承擔一次次

無規律的撞擊

從舌間流到心裡

赤裸裸的液體從高處跌落

像一隻機警的動物

從高崖入水　並力圖

控制它的激情

有人在講：一次行為

——如今「藝術」的全部含義

我就看見　一隻手

剖開羊的全身

一半冰凍

一半鮮活

「藝術」　讓我看見屬羊的命運

週末有許多人在做「行為」

細節漂進我的眼窩

一次次地解剖　性急的新手

也借助於酒精的含混力度

貪杯者的命運　壓倒我
像一種癥兆：
思維的流失　傷口的逼近
詞語的乖戾和萬古常新

都在看：一個懷才不遇者的潦倒

二、關於忙

你一再說「忙」這個字眼
使詞語也接近瘋跑

整夜在酒吧裡游來游去的
來客　酡顏如滾水中的
蝦

為什麼出現忙人？
「比水快」
為什麼忙？
「批發和零售　以及⋯⋯」

為什麼來到這裡？

「發條　鈴聲在響」

制度、規則、股票

上網、榮譽、建設

更少的時候：因為愛情

和愛的變種

現在是週末：四十度的伏特加

加冰　與計劃經濟時代的白酒

一起傾斜　與幾個忙人

共同浣腸　除了在座的一位

素食主義的年輕信奉者

整夜　留著長髮的歧路少年

和　光頭少女

找尋　他們悲喜的高音區

我聽見酒滴砰然

落入　哺養他的胃

那陰沉的臉浮出暖意

一首歌在我們耳邊傳遞著

九十年代的亂倫

我們壓低嗓音　交換

呼機號碼　和　黑色名片

我的身體被時間剖開

一半匆忙

一半安寧

有人說：抽籤

於是我們的目光

跑得這般快

三、長於一夜的痛

薄荷因你　死命一擊

而顫抖　被你

一口嚥下　唯有夏天的病房才會

一口嚥下誘人的碘酊

我們舞弄紙幣

「你與時代打了個平手」

我得分　又失分

使你無話可說

長於一夜的刺痛

激怒了他　咿咿呀呀的

男聲　在腦後搖擺

想到時間也因他而掐出了血

起身舞　也因他的關注

而染紅了手勢

她的各色小辮

打擊著鐃跋

還有她的狂

四十度的伏特加正在

毀壞　她的彩色連衣裙

莫非我從桌上跌落

如同我在搖籃裡起舞

莫非我旋轉

　　旋出一個時代的難題

驚嚇了不同凡響的

那些頭顱

聽樂隊聒噪　聽歌手
號啕　看彩燈打擊
他們平面的臉　實際很痛
我們內心已被揉成一團碎屑
──被訓練有素的藝術
　　　被置身其中的環境、文脈
　　　被晚餐以及蠟燭
　　　被忙碌的大腦和聊天

四、插播

中央電視臺　正在
聯播　各地的
回音　聯合收割機
翻騰出黃色穀粒
或紡織機　或建築物
最後是火勢蔓延
房屋倒塌　質量問題
它們都發生在各地各市

一男一女　通常

髮型嚴謹　衣襟堅定

他們此時插播

一個公主的死訊

戴安娜之死

關於公主　我曾寫過若干

不切題的詩句

一個二流歲月　公主只能

在昨日死去　並被

物搗爛　裝進瞬間

她的死　消滅了她暗中的敵人

——青春　一切都從

這一刻開始　就如一隻蝴蝶

它的標本比它更美麗

公主死了　低級的夢

尾隨青春的血小板

無處可棲　低級情人將

疑心她　活著的潔癖

並被她的死嚇破膽

公主　死　使我回憶起

那些密密麻麻的鉛字

製造者和天生麗質

擊中了一個生命　它們（鉛字）

轟然落下　埋葬了

一個夜晚

我該為她哀悼？當然

同時想想自己的帳單

也會變得　入不敷出

於是我微笑　告別

一個癌症和

一次車禍

五、致一位善意的友人

你來了　不喝酒的女人

帶著照片　據說

一位高人　他的天眼

滿盈著各種各樣的命運

「你得到太多　便要失去」

她於是想到一些資料

通過世俗的稱譽　現在又要貶低他

好人在各個行業死去

如鍾鳴所言：他們都走得太匆忙

他們形而上的胚胎期

喪失了時間性

一個女人的善意　無法替代

死者眼中的火花　和

高人目睹的　殘忍根基

一個放映室　俯瞰了

人們的忽出忽進

就像毒藥的香味　一如既往

被用於　女人享受型的

髮端和腋下

六、致我的友人

階梯下　塗了黑漆的

矩形鐵網　把醉

變成了死　生
躺在草叢中
等待潔淨的時刻

世界正生活在
買醉的過程　那些貪饞的男人
鑽進這城市的一根根骨縫
就像他們的目光鑽進
她潔白的蕾絲內褲

我們都是沙子　存在
才是水泥　甜蜜的生活
充滿肉身的肥美
三者足以引導怎樣的經驗？

（那天夜裡　你演繹著
不變的記憶　如同
沿牆溜走的風
有時遒勁　有時毫無信心）

（那天夜裡　我的舉止

像被一隻手　揭掉全身魚鱗

疼痛和輕鬆　一起

致我於死命）

注：「誘惑力」、「蘭桂坊」和「紅番部落」均為成都著名
　　酒吧。

1997.9.6

編織和行為之歌

唧唧復唧唧

木蘭當戶織

是什麼使得那個女人兩手不停？

她不是為自己的嬰兒編織

那孩子在旁邊不停地舔舐

彷彿手上抱著一個魔瓶

那不是男女交談的聲音

也不是一個家庭晚宴的聲音

那是兩根編針切磋的聲音

是編者內心又快又尖銳的聲音

那女人兩手不停

她編織一件衣裳

毛茸茸的衣裳手感柔軟

表面像桃子，豐滿、蜇手

她置入一顆孤獨的心

消耗她的激情於是平靜

唧唧復唧唧

木蘭當戶織

軋軋的機杼聲

把一團纏繞的線理清

從骨髓把劍刃寒氣清洗

旋轉和旋轉

回梭織出一頭青絲

直至一架機器腐爛

木蘭依舊年輕

是什麼使得木蘭雙手不停？

誘惑她的戰爭已經平息

日子重又簡化：唧唧復唧唧

一架編織機，一個紡錘

一聲一聲地研磨

她內心的豪情　青驄馬

換了騎手　菱花鏡

新貼了鵝黃

唧唧復唧唧

木蘭當戶織

是什麼使得妻子雙手不停？

她在給丈夫織一段回文錦

她說：「我愛過，現在依然愛你」

不是兩手的運動

不是線和梭子的運動

疊句的動，詞語的動

像雨水滴進罐子的，點點滴滴的動

妻子的兩手顫抖　隨著

紡機的律動和詩句的繁衍

一首詩的奇蹟把妒忌之火澆熄

端坐織錦的女人

一顆心暗中偷換：

為所愛苦思

為所愛押韻

為負心人反覆循環地誦吟

折磨她的痛苦偷換成激情？

是什麼使得三個女人手腳不停？

──她們不是為自己的嬰兒編織

毛茸茸的衣服下

置入一顆疼痛的心

其中一個在流淚

另外兩個早已死去

當她們闔上眼

她們那奇妙的編織技藝

藉女人的肉體

在世間流傳

毛茸茸的衣服下

置入一顆被傷害的心

唧唧復唧唧

兩手不停

她們控制自己

把靈魂引向美和詩意

時而機器，時而編針運動的聲音

談論永無休止的女人話題

還有因她們而存在的

藝術、戰爭、愛情——

孤身的逃

不用四處張望　你就會

在這世界裡飄香　你想要

孤身的逃　就會有刺客來到

當你身輕想飛　也不必

去剪鳥類的翅膀

也不必去傍上愛

新與舊的老把戲　也不必

太沉湎

終於還是要從近處去

從最近處　才能望到遠

去意象水　它就要在人間裡

蒸發了　孤身的身

也要在某個時刻蒸發

剩下的　就是時間了

就是把石頭看穿的緩慢了

就是孤獨的柔道了

它們三位一體　穿雲破霧

就要與你共執雙手　就要

成為你無法避開的掩護了

1999.8.17

去面對一個電話

花一整天　我在應付我的害怕

每天我都在全世界的天空下

惶惑　生命中的若干言語

我要去灑向四面八方

草彎下　是因為怕風

子彈落下　是因為害怕目標

電話響了　是因為它

堅持說話的權利

好吧，舌頭要跳起來

迎接再一次的舞蹈

要預測工作情況　氣候變化

還要預測情緒波動

戰爭走向和　疾病

許多人

都沿著一條線

不見了　又有許多人

沿著一條線

爬過來

這是被稱為最衰的時代

衰透了　就有

最動人的變化

還好吧，有一個男人愛我

與我分享生活

他不是絕望者

他也不是豆腐渣工程

他甚至不是我鍾意的癡情者

看來我們已經接近

愛的本質

我們就要像某些動物般

互相吞吃　大片的雲就要

托起我們奔跑

這原本是多麼輕鬆的事

當我去面對一個電話

我又開始變得沉重

1999.9

給我愛情，我就愛他

很多的病　很多的醉裡
我選擇它
美麗的毒　看看你
就要給我臨終的輝煌

有些人　非得要把酒
酹向四面八方
有些人　集中為入喉的一口
他們都心曠神怡
他們都享受

美麗的毒　就是你的醉意
達不到的地方
就是你無論如何幫助自己
也需要別人的地方
就是你拼命治療
也會讓你痛一痛的地方

它就是一步一回首的危險
它就是靈魂纏繞的酷刑
它就是我們盡情地煎

充分地抹上蜜糖

最後一口吞掉　瀉完的甜點

給我愛情　我就愛他

猶如給我花　我就香

給我夏天　我就明亮

去動人　或去瘋癲吧

去灌溉　或去死吧

它們都是望天收

1999.10.6

重陽登高
──遍插茱萸少一人

思親問題　友愛問題
一切問題中最動人的
全都是登高的問題
都是會當臨絕頂時
把盞的問題

今朝一人　我與誰長談？
遙望遠處　據稱是江北
白練入川是一條，還是兩條？
匯向何處　都讓我喜歡

在江北以遠　是無數美人
男人們登高　都想得到她們
儘管千年之內　哺乳動物
和人類　倒一直
保持著生態平衡

今朝我一人把盞　江山變色
青色三春消耗了我
九九這個數字　如今又要
輪迴我的血脈

遠處一俯一仰的山峰

赤裸著跳入我懷中

我將只有毫無用處地

享受豔陽

思傷脾　醉也傷脾

颯颯風聲幾萬？　呼應誰來臨？

飲酒入喉　它落到身體最深處

情欲和生死問題

離別和健康問題

也入喉即化　也落到最深處

它們變得敏捷　又綿密

它們醉了　也無處不在

1999.9.9登南京棲霞山

潛水艇的悲傷

九點上班時

我準備好咖啡和筆墨

再探頭看看遠處打來

第幾個風球

有用或無用時

我的潛水艇都在值班

鉛灰的身體

躲在風平的淺水塘

開頭我想這樣寫：

如今戰爭已不太來到

如今詛咒　也換了方式

當我監聽　能聽見

碎銀子嘩嘩流動的聲音

鮮紅的海鮮　仍使我傾心

艱難世事中　它愈發通紅

我們吃它　掌握信息的手在穿梭

當我開始寫　我看見

可愛的魚　包圍了造船廠

國有企業的爛帳　以及

鄰國經濟的蕭瑟　還有

小姐們趨時的妝容

這些不穩定的收據　包圍了

我的淺水塘

於是我這樣寫道：

還是看看

我的潛水艇　最新在何處下水

在誰的血管裡泊靠

追星族，酷族，迪廳的重金屬

分析了寫作的潛望鏡

酒精，營養，高熱量

好像介詞，代詞，感歎詞

鎖住我的皮膚成分

潛水艇　它要一直潛到海底

緊急　但又無用地下潛

再沒有一個口令可以支使它

從前我寫過　現在還這樣寫：
都如此不適宜了
你還在造你的潛水艇
它是戰爭的紀念碑
它是戰爭的墳墓　它將長眠海底
但它又是離我們越來越遠的
適宜幽閉的心境

正如你所看到的：
現在　我已造好潛水艇
可是　水在哪兒
水在世界上拍打
現在　我必須造水
為每一件事物的悲傷
製造它不可多得的完美

1999.9.18

2000.9.21

她也叫麗達

當你從背後上去

她寬衣解帶的姿態

不是神話　她

倒一杯酒　灌醉了你這隻天鵝

誘姦你時　她也叫麗達

當你來到她前面

她正把微笑　灑進你的

每一寸肌膚

真正愛戀著的妙人兒

你需要的小鳥依人　她也叫麗達

　　　　　　　　　　　　　1999.11

菊花燈籠漂過來

菊花一點點漂過來

在黑夜　在周圍的靜

在河岸沉沉的童聲裡

菊花淡　淡出鳥影

兒童提著燈籠漂過來

他們淺淺的合唱裡

沒有恐懼　沒有嬉戲　沒有悲苦

只有菊花燈籠　菊花的淡

燈籠的紅

小姐也提著燈籠漂過來

小姐和她的僕從

她們都挽著鬆鬆的髻

她們的華服盛裝　不過是

絲綢　飄帶和扣子

不過是走動時窸嗦亂響的

纓絡　耳環　釵鳳

小姐和小姐的乳娘

她們都是過來人

她們都從容地尋找

在夜半時面對月亮

小姐溫柔　燈籠也溫柔

她們漂呵漂

她們把平凡的夜

變成非凡的夢遊

每天晚上

菊花燈籠漂過來

菊花燈籠的主人　浪跡天涯

他忽快忽慢的腳步

使人追不上

兒童們都跟著他成長

這就是滄海和燈籠的故事

如果我坐在地板上

我會害怕那一股力量

我會害怕那些菊影　光影　人影

我也會忽快忽慢

在房間裡叮噹作響

如果我坐在沙發或床頭

我就會欣賞

我也會感到自己慢慢透明

慢慢變色

我也會終夜含煙　然後

離地而起

1999.11.25

第四巻

2000年代

輕傷的人，重傷的城市

輕傷的人過來了

他們的白色紗布像他們的臉

他們的傷痕比戰爭縫合得好

輕傷的人過來了

擔著心愛的東西

沒有斷氣的部份

脫掉軍服　洗淨全身

使用支票和信用卡

一個重傷的城市血氣翻湧

脈搏和體溫在起落

比戰爭快

比恐懼慢

重傷的城市

扔掉了假腿和繃帶

現在它已流出綠色分泌物

它已提供石材的萬能之能

一個輕傷的人　仰頭

看那些美學上的建築

六千顆炸彈砸下來

留下一個燃燒的軍械所

六千顆彈著點

像六千隻重傷之眼

匆忙地映照出

那幾千個有夫之婦

有婦之夫　和未婚男女的臉龐

他們的身上全是硫磺，或者瀝青

他們的腳下是拆掉的鋼架

輕傷的人　從此

拿著一本重傷的地圖

他們分頭去尋找那些

新的器皿大樓

薄形，輕形和尖形

這個城市的腦袋

如今尖銳鋒利的伸出去

既容易被砍掉

也嚇退了好些傷口

2000年於柏林

新天鵝湖

舞臺上，又搭好了雲梯

男人們背著牛奶罐列隊前行

這是他們慣有的戰爭場面

另一面，天鵝們也搭好了樹巢

他們的四肢軟軟地耷下

這是他們喜愛的溫柔場面

男人喜歡到處藏著槍

從腋下到底下　在全世界晃蕩

男人也喜歡穿各類防彈背心

從胸前到襠前

把他們的幻想壓扁了

年輕的男人就要起飛了

他們的八塊肌肉　惹火得

像八片嘴唇

他們的黑色頭皮與

長絨短褲帥呆了

年輕的男人只穿著羽毛

只騎在月亮的背上

只把身體遞給

長翅膀的另一個傢伙

八塊肌肉的男人

皮膚滲出汗味　煙味和臭味

天知道為什麼　他們

不是為我們準備的

2001.5.19

一個詞

一個男孩教給我一個詞

他把它分為：床上用語

生活用語　書面用語

那個男孩不知道

當我使用它　我關掉了它的屬性

就像我噴出眼淚

卻關掉它的液囊

世界上有這不為我知的詞

它卻在我的身體裡發出尖叫

我知道這尖叫有多高　知道

它快於風的速度

卻不知道　它重於空氣的發作

要將我帶到什麼地方

我使用它　就像機器使用它的性能

太多的男孩呵，教給我這個詞

而我　教給他們這個詞的變化

2001

馬克白夫人
——致田蔓莎

書上的和臺上的

馬克白夫人

是不同的

書上的馬克白夫人

生命短促

雖然羞怯　卻想站在萬人肩上

統治一個破爛的世界

她為此命喪黃泉

臺上的馬克白夫人

光彩斐然　她身穿紫衣亮相

一雙炫目　要吞掉這個台下世界

我們全都悚然了

但我們全都想　不管不顧

跟著她收回的眼光

被吸進她的腦海

設想我們蹲在她的幕布後

就能從她的眼中望下去

是怎樣的一個真實世界？

我們必然看到成功的男人和

成功的女人　左邊和右邊

他們坐滿了劇院

我們也能看到他們的座椅

破舊一如過去

這說明川劇現已式微

他們的職業裝熨燙得很硬

無縐摺　一如他們的外表

馬克白夫人呵　你總得說點什麼

鼓聲點點　她在問

誰在敲門？

這時候，另有一個年輕女人

在前排　她低頭寫下第一句劇評：

　　「馬克白夫人是別人的命運

我們　才是這個年頭裡的

每一個自己」

我們伸長了脖子　最多也就看到這些

馬克白夫人站在聚光燈下

看到他們的內心：

人人都有一個黃粱夢

正在醞釀　他們為此煎熬

這一切　也都寫到了舞臺兩側的詞幕上

現在我們已知道：

馬克白需要權杖

馬克白夫人只需要長袖

長長的　甩出去又可拉回來的

那種　戲劇中又叫「水袖」

水袖無水　卻可潑出

滿天的淚　和一盆汪洋

水袖也可以繞來繞去

正好表達　一個女人的忠貞和

由此而來的野心

這時候　那女人寫下最後一句：

上一世紀的女人

與本世紀的女人　並無不同

然後起身離去

2001

注：看朋友田蔓莎改編自莎士比亞的新川劇《馬克白夫人》
　　後所作。

老家

我的朋友說：
老家在河北
蹲著吃飯
老家在河南
於是出門討飯

我的老家在河南
整個身體都粘滿了小米
除了收割之外　　還有別的鋒利
一道一道地割傷它的糙皮
洪水漲停時
不像股票的漲停點
讓人興奮　也沒有它奇蹟般的價值

老家是一個替身
它代替這個世界向我靠近
它擁有一條巨大的河流
河水乾涸時
全世界都為它悲傷

蜂擁而至的

除了玉米肥大的手臂

還有手臂上密密麻麻的小孔

它們在碘酒和棉花的撲打下

瑟瑟發抖

老家的皮膚全都滲出

血點　血絲　和血一樣的驚恐

嚇壞了自己和別人

全世界的人像暈血一樣

暈那些針孔

我的老家在河南

整個臉上扎滿了針

老家的人雙腿都青筋暴露

他們的雙手篩著那些土坷

從地底下直篩到半空中

除了麻醉藥之外的所有醫用手段

都不能用來

剔除自己的皮膚

他們還能幹什麼？

除了躺在陰影中歇涼時

他不敢觸摸那些傷口

它們會痛苦地跳起來大喊

像水銀柱式地上下起落

他們的動脈裡　隱藏著液體火焰

讓所有的人漸離漸遠

全世界的人都在嘲笑

那些傷口　他們繼續嘲笑

也因為老家的人不能像換水一樣

換掉血管裡讓人害怕的血

更不能像換血一樣換掉

皮膚根部的貧賤

當全世界都無邪地清潔起來

還沒有這樣一種盥洗法：

從最隱密處清除掉某個地理位置

它那物質的髒：

牙齒　　毛髮　　口氣　　輪廓

方言　　血肉　　旱澇　　水質

（他們甚至不會飲泣

老家的人　一輩子也沒走出過

方圓十里　他們

也不知道一輩子乾淨的血

為什麼變成現在這樣？）

2001.10

傳奇

傳奇中的人身負絕技

他拼命往前走

閃客們也紛紛讓道

我願他們的劍

紛紛無力和斷裂

這表明：無需動手

角色和身份坐在一起

這意味著

我的世界異常敏感

它既然被虛擬

就自有道理不恢復原狀

過去　現在和將來

對我而言無甚區別

充其量在無限中升級……

升級……

傳奇中的人有許多面孔

無人見過其中之一

也就是說　傳奇是

一種命運　而不是遊戲

傳奇中的人走過死城死巷

他先於他的死亡到達此地

戰爭　戰術和戰略

都來到這裡　給傳奇餵招

誰也不能割斷那根熱線

它騰起的旋風

讓網上的人　數丈之外

也身如陀螺

身負絕技的人註定

勝利而且憂傷

掛在網上的人　手指也能

觸到這第一時間的沮喪

在我寫傳奇的時候

室外　電光火石的一瞬間

（事實上，那只是閃電）

我的筆下不斷地跳出些

髒字眼　瘦字眼

破爛和汙黑字眼

它們跳起來又落下去

像一場癩蛤蟆雨

不像蜘蛛雨

從天而降　打在我的稿紙上

打在行人的臉　詩人的臉

情人的臉上

它們砸下來　像下了一場骯髒的雨

飄起來　又像

下了一場風花細雪

不管是美還是醜　它們都仍然下個不住

下滿了游泳池

那些個骯髒下流的念頭

不能原諒的念頭

痛苦的念頭

鯁在喉頭的念頭

為此想去殺人放火的念頭

紛紛落下地來問：

為什麼不容易？

它們全部落滿我體內的游泳池

堆積成石頭

我得取走所有的東西

才能把我的愛

重新放進我的身體

但是　終有一刻

我們將被傳奇吃掉

成為虛擬的一個薄片

在我周圍　什麼也沒有

閃客　網客和看客

都退得遠遠的

插銷和現實之間

你得選擇一個

無論哪一個　它都會

被燒成灰燼

它破空而去……

而有人坐在桌前

按動滑鼠　世界在他食指中

這或許就是我們夢想成為的傳奇

但傳奇絕不夢想成為我們

2002.5.15

關於雛妓的一次報導

雛妓又被稱作漂亮寶貝

她穿著花邊蕾絲小衣

大腿已是撩人

她的媽媽比她更美麗

她們像姐妹　「其中一個像羚羊」……

男人都喜歡這樣的寶貝

寶貝也喜歡對著鏡頭的感覺

我看見的雛妓卻不是這樣

她十二歲　瘦小而且穿著骯髒

眼睛能裝下一個世界

或者　根本已裝不下哪怕一滴眼淚

她的爸爸是農民　年輕

但頭髮已花白

她的爸爸花了三個月

一步一步地去尋找他

失蹤了的寶貝

雛妓的三個月

算起來快一百多天

三百多個男人

這可不是簡單數

她一直不明白為什麼

那麼多老的，醜的，髒的男人

要趴在她的肚子上

她也不明白這類事情本來的模樣

只知道她的身體

變輕變空　被取走某些東西

雛妓又被認為美麗無腦

關於這些她一概不知

她只在夜裡計算

她的算術本上有三百多個

無名無姓　無地無址的形體

他們合起來稱作消費者

那些數字像墓地裡的古老符號

太陽出來以前　消失了

看報紙時我一直在想：

不能為這個寫詩

不能把詩變成這樣

不能把詩嚼得嘎嘣直響

不能把詞敲成牙齒　去反覆啃咬

那些病　那些手術

那些與十二歲加在一起的統計數字

詩、繡帶、照片、回憶

刮傷我的眼球

（這是視網膜的明暗交接地帶）

一切全表明：都是無用的

都是無人關心的傷害

都是每一天的資料　它們

正在創造出某些人一生的悲哀

部份地　她只是一張新聞照片

十二歲　與別的女孩站在一起

你看不出　她少一個卵巢

一般來說　那只是報導

每天　我們的眼睛收集成千上萬的資訊

它們控制著消費者的歡愉

它們一掠而過　「它」也如此

信息量　熱線　和國際視點

像巨大的麻布　抹去了一個人卑微的傷痛

我們這些人　看了也就看了

它被揉皺　塞進黑鐵桶裡

2002.4.21

英雄

那麼多的英雄

出發了　秦國的

燕國的　中國的

太子或平民

農民　商賈或知識份子

也有少數藝術家

他們都懂得刺秦的重要性

他們有壯士的信仰

和　東方男人的敏捷

還有一種被稱為

歷史的書寫者　他們出現

在各種場合　打著黑蝴蝶結

端著酒杯　他們也改變歷史

為我們

我們則是一群　對過去一無所知

卻手握搖控板　坐在沙發上的人

英雄的衣著有專人設計

麻布　衣袂飄飄

長髮可由鼓風機吹成

三千尺　還有抹起來

兩面都鋒利的匕首

也都滿足小男孩的野心

我們將從城牆上躍下

而不是從床上

我們將緊皺雙眉　去赴死

而不是被母親喝斥

我們將去愛那些驚豔　奢華

為我們準備的美女

而不是躲在被窩裡手淫

英雄必須去死

歷史書這樣說　正史和野史

教科書也這樣說　褒義和貶義

暢銷書同樣這樣說　正版和盜版

我們全都這樣說

才不管是膠片還是數碼

我們一起構成了英雄的意義

戰爭來臨了　烽火滿山

人們驚恐地奔跑

婦孺皆倒地

有一些議論叫什麼「生靈塗炭」

歷史哪管這些！

而英雄　正要跨上他的一號坐騎

他的俊美臉龐因興奮而充血

他的長髮……

音樂……

夠炫　夠高　夠意思吧

我們的搖控板跌落在地

英雄們　他們贏得太多的驚歎

2003

最委婉的詞

在我們的時代，人類的命運
在政治術語中表達出意義。

——湯瑪斯・曼

僅用一個詞　改變世界
是可能的　如同
僅用一個詞　改變愛情

世界和愛情　都因一個詞
而痛哭不已
淚水滂沱像一條古老的河

那是流過他們的臉的幼發底河
那是洗淨他們心的密西西比河
那是淹死俄菲麗亞的情慾之河
那是伴隨家鄉禍害的紅色之河

河水滂沱流過他們的臉
世界和愛情　都被擦拭一淨
他們沒有了雙手　雙眼和雙肺
他們失去了觸覺　視覺和嗅覺

河水渾濁掩蓋了他們的眼睛

血緣和信仰　也被擦拭一淨

他們改換了顏色　膚色和血色

他們變賣了土地　天地和心地

這個詞　翻譯成中文

就是「改朝換代」

翻譯成政治語就是「政權更迭」

翻譯成　成都語

就是我們通常愛說的「下課」

翻譯成愛情語就是　「移情別戀」

他們沉默一片

在最委婉的詞說出之後

那是這個詞的興奮點

那是所有戰爭和愛情的基點

那也是個人傷痛的敏感點

注：“Regime Change”（政權更迭）被美國方言協會選為
　　「最委婉的詞」。

2003.7

在古代

在古代，我只能這樣

給你寫信　並不知道

我們下一次

會在哪裡見面

現在　我往你的郵箱

灌滿了群星　它們都是五筆字形

它們站起來　為你奔跑

它們停泊在天上的某處

我並不關心

在古代　青山嚴格地存在

當綠水醉倒在他的腳下

我們只不過抱一抱拳　彼此

就知道後會有期

現在，你在天上飛來飛去

群星滿天跑　碰到你就像碰到疼處

它們像無數的補丁　去堵截

一個藍色螢幕　它們並不歇斯底里

在古代　人們要寫多少首詩？
才能變成嶗山道士　穿過牆
穿過空氣　再穿過一杯竹葉青
抓住你　更多的時候
他們頭破血流　倒地不起

現在　你正撥一個手機號碼
它發送上萬種味道
它灌入了某個人的體香
當某個部位顫抖　全世界都顫抖

在古代　我們並不這樣
我們只是並肩策馬　走幾十里地
當耳環叮噹作響　你微微一笑
低頭間　我們又走了幾十里地

2004.5

五十年代的語言

生於五十年代　我們說的
就是這種語言
如今　它們變成段子
在晚宴上　被一道一道地
端了上來

那些紅旗、傳單
暴戾的形象　那些
雙手緊扣的皮帶
和嗜血的口號　已僵硬倒下
那些施虐受虐的對象
他們不再回來
而整整一代的愛情　已被閹割
也不再回來

生於五十年代　但
我們已不再說那些語言
正如我們也不再說「愛」
所有的發聲、片語、和語氣
都在席間跳躍著發黃
他們都不懂　他們年輕的髮絲

在陽光下斑斕　像香皂泡

漂浮在我的身邊

他們的腦袋一律低垂著

他們的姆指比其他手指繁忙

短信息　QQ

還有一種象形字母：

生於五十年代

我們也必須學會　在天上飛奔的語言

所有那些失落的字詞

只在個別時候活過來

它們像撒帳時落下的葡萄、枸杞和大棗

落在了我們的床笫之間

當我喃喃自語　一字一字地說出

我的男友聽懂了　它們

因此變得猩紅如血

2005

魚玄機賦

一、一條魚和另一條魚的玄機無人知道

這是關於被殺和殺人的故事

公元八六八年

魚玄機　身穿枷衣[1]

被送上刑場　躺在血泊中

鮮花鉤住了她的人頭

很多古代女人身穿枷衣

飄滿天空　串起來

可以成為白色風箏　她們升不上天

魚玄機　身穿道袍　詩文候教

十二著文章　十六為人妾

二十入道觀　二十五

她斃命於黃泉

許多守候在螢幕旁的眼睛

盯住蕩婦的目錄

那些快速移動的指甲

---

[1]　魚玄機，唐時著名女詩人、女道士。綠翹是她的侍女。
　　後魚玄機因殺婢而被處極刑，又傳此案為一冤獄。

剝奪了她們的性

她們的名字　落下來

成為鍵盤手的即興彈奏

根老了　魚群藏匿至它的洞窟

魚玄機　想要上天入地

手指如鉤　攪亂了老樹的倒影

一網打盡的　不僅僅是四面八方

圍攏來的眼睛　還有史書的筆墨

道學家們的資料

九月　黃色衣衫飄然階前

她賦詩一首　她的老師看出不祥

歲月固然青蔥但如此無力

花朵有時痛楚卻強烈如焚

春雨放晴　就是她們的死期

「朝士多為言」[2]　那也無濟於事

魚玄機著白衣

綠翹穿紅衣

手起刀落　她們的魚鱗

---

[2]　引自唐代皇甫枚《三水小牘》。指魚玄機死時，許多朝
　　士為她進言洗罪。

褪下來　成為漫天大雪

螢幕前守候的金屬眼睛

看不見雪花的六面晶體

噴吐墨汁的天空

剝奪了她們的顏色

一條魚和另一條魚

她們之間的玄機

就這樣　永遠無人知道

二、何必寫怨詩？

這裡躺著魚玄機　她想來想去

決定出家入道　為此

她心中明朗燦爛　又何必寫怨詩？

慵懶地躺在臥室中

拂塵乾枯地跳來跳去　她可以舉起它

乘長風飛到千里之外

寄飛卿、窺宋玉、迎潘岳

訪趙煉師或李郢

<hr>

3　這些都是與魚玄機有過交往的詩人。

對弈李近仁　不再憶李億[3]

又何必寫怨詩？

男人們像走馬燈

他們是畫中人

年輕的丫鬟　有自己的主意

年輕的女孩　本該如此

她和她　她們都沒有流淚

夜晚本該用來清修

素心燈照不到素心人

魚玄機　她像男人一樣寫作

像男人一樣交遊

無病時，也高臥在床

懶梳妝　樹下奔突的高燒

是毀人的力量　暫時

無人知道　她半夜起來梳頭

把詩書讀遍

既然能夠看到年輕男子的笑臉

哪能在乎老年男人的身體？

又何必寫怨詩？

志不求金銀

意不恨王昌

慧不拷銀翹

心如飛花　命犯溫璋

懶得自己動手　一切由它

人生一股煙　升起便是落下

也罷　短命正如長壽

又何必寫怨詩？

三、一支花調寄雁兒落
──為古箏所譜、綠翹的鬼魂演奏

魚玄機：

蠟燭、薰香、雙陸

骰子、骨牌、博戲

如果我是一個男子

三百六十棋路　便能見高低

綠翹：

那就讓我們得情於梅花

新桃、紅雲、一派春天

不去買山而隱
偏要倚寺而居

魚玄機：
銀鉤、兔毫、書冊
題詠、讀詩、酬答
如果我是一個男子
理所當然　風光歸我所有

綠翹：
那就讓我們得氣於煙花
爆竹、一聲裂帛　四下歡呼
你為我搜殘詩
我為你譜新曲

合：
有心窺宋玉
無意上旌表
所以犯天條
那就邁開凌波步幅
不再逃也不去逃

四、魚玄機的墓誌銘

這裡躺著詩人魚玄機

她生卒皆不逢時

早生早死八百年

寫詩　作畫　多情

她沒有贏得風流薄倖名

卻吃了冤枉官司

別人的墓前長滿松柏

她的墳上　至今開紅花

美女身份遮住了她的才華蓋世

望著那些高高在上的聖賢名師

她永不服氣

五、關於魚玄機之死的分析報告

「這裡躺著魚玄機」　當我

在電腦上敲出這樣的文字

我並不知道

她生於何地　葬於何處？

作為一個犯罪嫌疑人　她甚至
沒有律師　不能翻供
作為一個蕩婦　她只能引頸受戮
以正朝綱　視聽　民憤等等

這裡躺著魚玄機　她在地下
大哭或者大罵　大悲或者大笑
我們只能猜測　就像皇甫枚——
一個讓她出名的傢伙
猜測了她和綠翹的對話

當我埋首於一大堆卷宗裡
想像公元八六八年　離我們多遠
萬水千山　還隔著一個又一個偉大的朝代

多麼年輕呵
她賦得江邊柳　卻賦不得男人心
比起那些躺在女子祠堂裡的婦女
她的心一片桃紅

這裡躺著魚玄機　她生性傲慢
活該她倒楣　想想別的那些女詩人
她們為自己留下足夠的分析資料
她們才不會理睬什麼皇甫枚

那些風流　那些多情的顏色

把她的道袍變成了萬花筒

多好呵

如果公元八六八　變成了西元二〇〇五

她也許會從現在直活到八十五

有正當的職業　兒女不缺

她的女性意識　雖備受質疑

但不會讓她吃官司　挨杖斃

這裡躺著魚玄機　她在地下

也怨恨著：在唐代

為什麼沒有高科技？

這些猜測和想像

都不能變為呈堂供證

只是一個業餘考據者的分析

在秋天　她必須赴死

這裡躺著魚玄機　想起這些

在地下　她也永不服氣

2005.9.10 於義大利Civitella藝術中心

戰爭

一、配音

在一個和平年代

天降黑鷹

意味著：

ａ.戰爭開始

硝煙孤獨或普遍地升起

ｂ.神秘的飛行物像無望的愛情

在宇宙中盤旋　無法著陸

ｃ.我們坐在電影院裡

一杯可樂　一杯爆米花

我們咀嚼著他人的惡夢

無論哪一種情況出現

都配有悲愴的音樂

深沉的、廉價的、個人的悲泣聲

那是一種發自體內的動物的哀鳴聲

但又廉價得像

硝煙中奔跑的女孩的尖叫

在戰爭中　無人理會

這些悲愴的音樂

這些大提琴的低迴、小提琴的泣訴

這些聲音無法變成「結束」。

它和槍彈的快板聲比起來　輕太多

它和血液的慢板奔流聲比起來　輕太少

它和「國家」的脈搏聲相比

幾乎發不出任何聲音

但是　每當天空飄起一朵黑雲

我們就知道

它是戰爭的旋律在往上升

它也是死者的靈魂望下落

它隨時隨地會砸下來

變成一個一個的彈坑

它既不是 a，也不是 b

更不是 c

它是一些人製造世界的一種方式

二、直播

終於有一天　如一位詩人所說
戰爭　變為「冰淇淋戰爭」
它被放大到天幕上
輔之以各種裝備
巨型地圖、箭頭、多媒體配置
直播室的Ｖ字桌上
坐滿軍事專家

藍色箭頭代表敵方
它有時又是恐怖分子、饑荒
暴民、獨裁者的標誌

紅色箭頭代表我方
它有時又是盟國
或者某個戰時總統的道具

當敵我陣線不明
軍事目標不確定時
箭頭可為黃色或綠色

箭頭時進時退

這就像一個人體水銀柱

標高標低　人血隨著箭頭走

不會有輕音樂跟著滑行

當我坐在螢幕前

突然想起一位女性

至今不知道兩伊戰爭是哪兩伊？

現在她也坐在螢幕前

至少今天她知道其中一伊──

不是伊人的伊

而是伊國的伊

長形吧臺上的其他酒客

是戰爭的第三方

他們比Ｖ字桌上的專家

更果斷、更直接、更偏激

更芝華士、也更傑克丹尼

他們圍攏　像押注一樣

賭著戰爭的輸贏

藍色螢幕上　直播主持人

正開出死者的賠率

根據族類、身高、皮膚顏色

身體裡的各類液體

從軍經歷和死亡的準確地點

這是一個消費時代

戰爭也像霜淇淋和可樂

有一種怪味刺激著人們的口味

字正腔圓的主持人語

嗑嗑巴巴未經訓練的專家語

刺激利潤　那是一種氣氛

我們稱之為戰爭的氣氛

它與腎上腺素、播音員的口齒

前線水銀柱同時走高

這個晚上無疑是稀有的

像骰子一樣　勝負有大有小

在一個漆黑的盅裡

戰爭日夜搖著

直至搖不出多少利潤

我們圍著它

判斷它　分析它

我們看到的只是骰子

它也許會變成輸贏

也許只變成收視率

但我們知道　當一隻手孤懸

接近盅頂時

它是所有能量的中心

2004.11.14

哀書生[1]
——（組詩《桃花劫》選一）

因絕調詞哀書生而憶馮喆[2]

整個種族是一個詩人
寫下關於命運的古怪命題
　　——華萊士·斯蒂文斯

活在一六九九年　你就是一介書生
風流倜儻美人緣
活在一九六九年　你就是一個罪人
披髮散衣　掩面低首
密封在一套古老戲裝
被批鬥　被遊街
被角色演繹你
成為你演繹過的角色

那一晚　徹夜未眠因為
在電影之外見到你
那一晚　徹夜未眠因為
你形容枯槁面如死灰
那一晚　徹夜未眠因為
你是牛鬼蛇神　萬人唾棄

你就是一介書生附體　不問世事

世事有如桃花　奪目般開放

錐心式零落　桃花

隨季猝然而麗　世事

隨念頭翕然而移

香扇打開來就是美人花

合攏來便要了你的命

你就是一介書生　無論古今

且吟且睨且歌行

你就是一介書生　書生命

你就是起事事不成　造反反被造的那個

你就是坑儒時第一個該滅

青眼白眼最宜分的人

你是雞鳴晨起

頭懸樑後還要錐股

披星戴月去趕考的書生？

謝天謝地　本朝書生

命運勝過他們　雖然

那顆為讀書而生的人頭

依然懸著　為父母為老師

為名校為名校的升學率

幾千年的趕考　今天還在趕

你就是那個頭髮被拎著

去領取北大入學通知書的本朝書生？

你是一介書生　過去是

現在仍然是

你站錯了隊　再也站不回來

你死得空如箜篌　輕如鴻毛

桃花已亂開了好幾個世紀

書生淚也被吹乾了幾百年

你還是那個一日不作詩

全天不快樂的人？

任你暮磬石磬平淡磬

也敲不醒桃花扇底的南朝

那個被漁樵話了又話的短命王朝

然者　你仍要作萬古愁人

元氣大傷的那一類？

大風吹　人頭落

書生就是書生　你再活一百年

還是遭天譴的人

無論古今

都有這死得不值死無居所的人

因鳴鏑而知天下亡

因葉落而濺起無邊淚水

要你的命就是要冰山的

奪你的魂就是奪文章的

譴你的心就是譴人心的

原來是姹紫嫣紅開遍

如今付與誰？

誰是輕柔扇底風？殺人風？

要吹就吹整整半個世紀吧

大風吹　書生斃

活在一六九九年　易碎的是人心，是王朝

活在一九六九年　俯首的是書生　是猖狂

你不再是壁上圖　書上影　劇中人

你僅僅是一個牛鬼蛇神　萬人唾棄

桃花扇底魂歸西

2009.10

注1：兼給余加設計的未完成馮喆紀念館。

注2：馮喆，著名電影演員，曾任《桃花扇》、《羊城暗哨》主
角。文革期間被批鬥致死。作者少時曾於成都八寶街電
影院門口目睹其被批鬥經過，馮喆被迫身穿《桃花扇》
中戲服，手執繪有桃花和美女蛇的摺扇，任人唾罵。

第五卷

2010年代

前朝來信
──無考女詩人邱硯雪信箋

做完做不完的家務事之後
我給後朝的書生寫信

米做成的紙滴上眼淚後
就變成圖畫　用墨點染後
就寫意為竹子　折枝和芭蕉
宿墨久臭　又遭致家人喝斥
閑來久踱而如思

做完做不完的家務事之後
我給後朝的書生寫信

在扇子上寫字　也在白絹上寫
在宣紙上寫字　也在羅帕上寫
寫，變得如此貴重
一筆一劃的氣息　在身體中呼吸

後朝怎樣？我不知道
後朝的紙怎樣　我也不知道
後朝的寫將不再貴重　我卻知道
與它的國情有關

與它的進步有關

與它的身體有關

在做完做不完的家務事之後

我給後朝的書生寫信

我要你記住無考女詩人的寫……

就像要你記住我的死

我要你認識它

就像你認識永恆——

我寫　我單獨一人

正像你閱讀時

也單獨一人

這是寫和讀的力量

做完做不完的家務事之後

我給後朝的書生寫信

桑蠶吐絲　就可以紡織成絲

有絲　就有帛

小小的毛筆和水墨　隨秋風掃過

就有了小小的方塊字　我使用它

知道　幾百年後你們還是用它

我控制它，製作你大腦的欣快感

如同一團藍光　引起你注意

它　一團迷幻霧氣

使你無限向前　靠近

從永恆的透視點裡

你開始認識我，認識我的朝代

它的水土　它的氣候

它的淡而清的山水

它的冷而靜的詩書

它的戰爭和烽火臺

它亡於氣候　亡於土壤

亡於人民起義

2010

黃帝的採納筆記──一個老人叫黃帝

香氣繚繞中
與先知一道
淺淺寫下
獻祭的古方

一

叫侍女點上那個橙色燈籠
那個，綴滿菊影梅影的那個
快些／於是寫下詩四行：

青山豈無洞
玉溪縫如削
團魚水下躡
暖意至半腰

──當後世老者讀到這裡
他們脆薄血管裡
快速流動的物質（文字在此跳躍）
必定通過寒如玉的手腕

握在另一人掌中
他們將瑟瑟作響

今人不理解
假想的神話
可以捕捉性別的味道
由此溫馴的少女
被盛在清涼的器皿
鋪上冰塊
她們的體香被採集為一種香料
處女的血　滋養長者
長者長生不老：

文字這樣落下
題圖這樣畫押
秘方這樣傳世
後世這樣辨方

少女們
單薄地坐著
分散在各處

如胯下的青草

她們的妙齡與體溫

為情慾墊底

做成了被暖

（黃帝和先知　就是這樣）

二

叫侍女鋪上橙香之紙

那張　用三十三道工序製成的那張

快些／於是寫下詩四行：

一松出深壑

萬草伏樹梢

欲攀峰遠小

待坐山頻搖

——哲學家們詩人們

能否分清情慾焚身時

體內的股股震顫：

就如涼風起時

水面激起的明暗關係

偷偷臨摹　偷偷分析

那些藥引、藥理和藥性

——讀到這裡，今人相信了

他的那些鬼話：

就像楊柳有形、雨雪有形

兩性相悅也有形

今人相信古方：

月圓之夜

芽毫映現

銀光閃爍

方可採摘

玫瑰花儘管鋪在地下

儘管暗香　探照燈儘管暴力

人體卻氣馨汗香——藥方在起作用

疲憊者

要抓住養生之道

觸不到仙女的唇、舌、唾液

觸得到少女肢體　她們香如蘭

普遍

（黃帝和先知　他們就是這樣）

2010.2.2

代跋　詩歌的視野廣闊無垠──
「華語文學傳媒大獎獲獎感言」

翟永明

　　在中國當代文學領域裏，當代詩歌曾經有過在八十年代的輝煌與繁盛，曾經有過引領文學思潮的先鋒身影。其後的二十餘年中，中國當代詩歌歷經沉浮，歷經被「邊緣化」和歷經多類非議，甚至被狂言「取消」。但是中國當代詩歌從未被馴服，即未馴服於權力，也未馴服與資本；即未馴服於消費，也未馴服於大眾。儘管其內部依然充滿各種爭議和問題，但詩人們始終在寫作，也始終在以各種不同風格不同屬性的作品提出這樣問題：在新舊媒介更替的時代，在新舊價值觀博弈的時代，在新舊語言模式撞擊的時代，作為源遠流長的文學形式──詩歌，是否仍具有魅力？是否仍然是當代社會不可或缺的精神家園？所以，我更願意把今天這個獎看做是獎給詩歌這個文類的，是給中國當代詩人群體的褒獎；在當代詩壇中有許多優秀的詩人，他們持續寫作三十多年，他們是中國當代文學優秀的先行者。

　　1999年，我寫過一首詩〈潛水艇的悲傷〉，裏面有這樣的句子「都如此不適宜了，你還在造你的潛水艇。它要一直潛到海底，緊急，但又無用的下潛」。那是九十年代，是一個詩歌「無

用」「不適宜」，詩歌再次變成「抽屜文學」的時代。真正的寫作就像潛水艇一樣下潛到內心最深處。由於詩歌總是處於被誤解最多的一種文學形式，而且很少有人願意深入的瞭解，追蹤，研究當代詩歌以及「朦朧詩」以降，各個流派的三十年來的不同變化，轉型，變更及探索。事實上，當代詩歌從九十年代起就一直在深刻的勾勒和描述這個複雜和平庸的中國現實，大量的詩歌網站和民刊紀錄了這一過程。在出版社越來越不願意出版詩歌的背景下，先鋒詩歌的傳播渠道從紙媒轉向了網路，可以這麼說，當代詩歌是最早進入「自媒體」時代的文學形式，借助於新的科技手段，試圖傳遞出浮躁生活之上的澄明和詩意，和不斷更新的、能夠充分展現現代漢語魅力的詩歌。

在一篇文章中我說過：中國古代詩歌既是視覺又是聲音的藝術，它最大地發揮了漢語言寬廣到無限的能力。白話文帶來了中國現代詩歌的不確定性和差異性，形成了漢語詩新的表述形態，這一過程，充滿爭議，也充滿可能性。今天，我們身處一個奇怪而富有張力的社會轉型期，也身處一個從未有過的平面的網路世界，由於全球化以及新媒介，新科技所帶來的時代的多樣性的增大，一方面我們的古老漢語受到電腦普及和全球趨同的識別字號的污染，另一方面數位時代引發的碎片式的思維和碎片式的書寫方式，也使得人們的書寫語言更為簡潔精準，最大程度地靠近和擴容漢語每個單詞的容量，就像古代漢語的作用一樣。正是這些使世界不斷重生的嶄新的「科技」儀式，成為了人類經驗的獨特時刻和一種新的通靈方式，同樣它也使得最具性價比和最環保的文學模式──詩歌，成為激發新

一代人「漢語想像力」的最佳選擇。有創作力的作家和詩人應該從中發現和創作屬於這個時代的新鮮隱喻和詩意的解碼，而不僅僅停留在一些固定的概念之中，也許由於我個人是以一個工科生而不是文科生的路走向文學創作的。我對詩歌的理解和認識更加自由，我認為我們身邊的一切都可以經由一種詩歌的特殊語言和技巧，去重新闡述和排序。

前幾天在南京藝術學院的一個展覽上，我嘗試用網上的二維碼生成器把詩歌輸入並印出來，讓現場觀眾通過手機拍攝而獲取詩歌，然後上傳至網路。我想討論的是：在今天，詩歌傳播也因為手持終端平臺和線上獲取方式的日益便捷，而得以比小說、散文等其他文學類別更能夠貼近讀者。詩歌的推送模式也在隨科學發展而改變，這既為詩人提供了新媒體時代文字與載體之間的關係以及由此產生新的寫作的可能性，也提示了在新媒體背景下「詩歌何為」的深入思考。

狄倫・湯瑪斯說：「世界的開始是詞」；而詞的開始也就是世界。我想，無論這個世界的外觀怎樣流動，怎樣不被控制；詩歌、詩意、詩人在每一個時代都能找到新的座標。據說鳥類的視野只有20度，而人類的視野可以達到140度。借助於詩歌的想像力、洞察力和創造力，詩人的視野也由此變得即縱深千里，也廣闊無垠。只有詩人自身產生出強大的能量，才能應對一個整體忽略詩歌的時代，並從中產生出傑出的作品。

2013

語言文學類　PG1015　中國當代詩典　第一輯 04

登高
——翟永明詩選

作　　者/翟永明
主　　編/楊小濱
責任編輯/鄭伊庭
圖文排版/詹凱倫
封面設計/陳佩蓉

發 行 人/宋政坤
法律顧問/毛國樑　律師
出版發行/秀威資訊科技股份有限公司
　　　　114台北市內湖區瑞光路76巷65號1樓
　　　　電話：+886-2-2796-3638　傳真：+886-2-2796-1377
　　　　http://www.showwe.com.tw
劃撥帳號/19563868　戶名：秀威資訊科技股份有限公司
　　　　讀者服務信箱：service@showwe.com.tw
展售門市/國家書店（松江門市）
　　　　104台北市中山區松江路209號1樓
　　　　電話：+886-2-2518-0207　傳真：+886-2-2518-0778
網路訂購/秀威網路書店：http://www.bodbooks.com.tw
　　　　國家網路書店：http://www.govbooks.com.tw

2013年9月　BOD一版
定價：360元
ISBN　978-986-326-166-7
ISBN　978-986-326-178-0（全套：平裝）
版權所有　翻印必究
本書如有缺頁、破損或裝訂錯誤，請寄回更換

國家圖書館出版品預行編目

登高 : 翟永明詩選 / 翟永明著. -- 一版. -- 臺北市 : 秀
威資訊科技, 2013. 09
　　面 ;　　公分. -- (中國當代詩典. 第一輯 ; 4)
　BOD版
　ISBN 978-986-326-166-7 (平裝)

851.486　　　　　　　　　　　　　　102015885

讀者回函卡

感謝您購買本書，為提升服務品質，請填妥以下資料，將讀者回函卡直接寄回或傳真本公司，收到您的寶貴意見後，我們會收藏記錄及檢討，謝謝！如您需要了解本公司最新出版書目、購書優惠或企劃活動，歡迎您上網查詢或下載相關資料：http:// www.showwe.com.tw

您購買的書名：_____

出生日期：_____年_____月_____日

學歷：□高中 (含) 以下　　□大專　　□研究所 (含) 以上

職業：□製造業　□金融業　□資訊業　□軍警　□傳播業　□自由業
　　　□服務業　□公務員　□教職　　□學生　□家管　　□其它_____

購書地點：□網路書店　□實體書店　□書展　□郵購　□贈閱　□其他

您從何得知本書的消息？

　□網路書店　□實體書店　□網路搜尋　□電子報　□書訊　□雜誌

　□傳播媒體　□親友推薦　□網站推薦　□部落格　□其他_____

您對本書的評價：（請填代號　1.非常滿意　2.滿意　3.尚可　4.再改進）

　封面設計____　版面編排____　內容____　文／譯筆____　價格____

讀完書後您覺得：

　□很有收穫　□有收穫　□收穫不多　□沒收穫

對我們的建議：_____

_____

_____

_____

11466
台北市內湖區瑞光路 76 巷 65 號 1 樓

秀威資訊科技股份有限公司　　　收
　　　　　　　　BOD 數位出版事業部

....

（請沿線對折寄回，謝謝！）

姓　　名：＿＿＿＿＿＿＿＿＿　年齡：＿＿＿＿　性別：□女　□男

郵遞區號：□□□□□

地　　址：＿＿＿＿＿＿＿＿＿＿＿＿＿＿＿＿＿＿＿＿＿＿＿

聯絡電話：(日) ＿＿＿＿＿＿＿＿＿＿＿ (夜) ＿＿＿＿＿＿＿＿＿＿＿

E - m a i l：＿＿＿＿＿＿＿＿＿＿＿＿＿＿＿＿＿＿＿＿＿＿